2017-2018
中国好小说

〔短篇卷〕

小说选刊 / 选编

图书在版编目（CIP）数据

2017—2018中国好小说.短篇卷/小说选刊选编
.—北京：中国书籍出版社，2019.2
ISBN 978-7-5068-7199-0

Ⅰ.①2… Ⅱ.①小… Ⅲ.①短篇小说—小说集—中国—当代 Ⅳ.① I247

中国版本图书馆CIP数据核字（2018）第287542号

2017-2018中国好小说·短篇卷

小说选刊　选编

图书策划	武　斌
责任编辑	成晓春
责任印制	孙马飞　马　芝
出版发行	中国书籍出版社
地　　址	北京市丰台区三路居路97号（邮编：100073）
电　　话	（010）52257143（总编室）（010）52257140（发行部）
电子邮箱	eo@chinabp.com.cn
经　　销	全国新华书店
印　　刷	三河市华东印刷有限公司
开　　本	710毫米×1000毫米　1/16
字　　数	200千字
印　　张	12.5
版　　次	2019年4月第1版　2019年4月第1次印刷
书　　号	ISBN 978-7-5068-7199-0
定　　价	38.00元

版权所有　翻印必究

目录

表弟宁赛叶	□ 莫　言 /	001
朋霍费尔从五楼纵身一跃	□ 蔡　东 /	010
云　柜	□ 邱华栋 /	029
滞留于屋檐的雨滴	□ 叶兆言 /	050
棋语·弃子	□ 储福金 /	060
亲自遗忘	□ 杨少衡 /	078
私　了	□ 东　西 /	091
玛多娜生意	□ 苏　童 /	103
写一本书	□ 郝景芳 /	121
我不是尹丽川	□ 庞　羽 /	136
呼吸机	□ 黄跃华 /	151
发　生	□ 蒋一谈 /	167

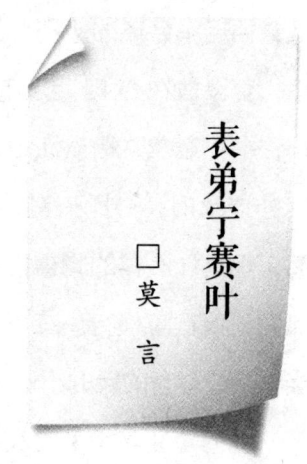

表弟宁赛叶

□ 莫　言

三哥，你不要自鸣得意，更不要沾沾自喜，你不要妄自尊大，也不要以为咱东北乡里只有你有文学才能，我的表弟秋生——笔名宁赛叶——外号怪物——借着几分酒力，怒冲冲地对我说。我知道你瞧不起金希普，你这是犯了文人相轻的臭毛病！我认为金希普的才华远远超过你，他之所以没你名气大，是他没赶上好时候，他如果逢上八十年代那文学的黄金时代，哪里轮得上你猖狂！不说金希普，就说我，三哥，你说良心话，我的才华，在你之下吗？——表弟将酒杯往桌上一蹾，严肃地说。

你的才华，确实不在我之下，我说，金希普更是天才，俄国有个普希金，中国有个金希普嘛！

你这是西北风刮蒺藜，连风（讽）带刺！三哥，我没醉，我听得出好话坏话！金希普是我的兄弟，他骗谁也不会骗我，那两万元钱，算什么？他迟早会还的。那个什么狗屁电视台的狗屁副台长，我根本没看在眼里，更没放在心上。我们，我们生不逢时啊！忆往昔峥嵘岁月，恰同学少年，书生意气，指点江山，粪土你们这些达官贵人！我们哥俩，当年创办女神诗社时，心比天高，气势如虹，恨不得将小小地球，玩弄于股掌之间，那是什么样的胸襟抱负！可是，这个年代，容不下黄钟大吕，只能让狐狸社鼠得意横行。三哥，你放下你的臭架子，拍着胸脯想一想，你说，当年我让你看的我的小说《黑白驴》是不是一篇杰作？

我的《红高粱》发表那年，我的表弟，不，宁赛叶和金希普合办了一份小报，在上边刊登了即将连载《黑白驴》的广告。我清楚地记着他们的广告词：本报即将连载著名作家莫言的表弟宁赛叶的小说《黑白驴》！这是一部超越了《红高粱》一千多米的旷世杰作！每份五元，欢迎订阅！我记得当时我还在家里休假，姑父来找我，说秋生和他的文友让你去一下。我去了，在姑姑家的那三间空屋里，我第一次见到了金希普，还有几个我忘了名字的诗人。当时他们都是中学的学生。屋子里乌烟瘴气，遍地烟头。桌子上杯盘狼藉，桌子下一堆空酒瓶子。我一进门，宁赛叶就说：莫言同志，你有什么了不起？我连忙说我没什么了不起，但我没得罪你们啊！他说：你写出了《红高粱》，骄傲了吧，目中无人了吧，尾巴翘到天上去了吧？但是，我们根本瞧不起你，我们要超过你，我们要让你黯然失色。他递给我一张铅印的小报，我从小报上读到了前面已写出的广告。我不高兴地说：我抗议，你们没经我同意为什么把我的名字印在你们报上？！他说：把你名字印在我们报上，是我们瞧得起你！我们没跟你要广告费，已经让你占了便宜……

我那篇《黑白驴》的原稿，你是看过的，你说良心话，是不是一篇杰作？那头驴，不白不黑，亦白亦黑；不阴不阳，亦阴亦阳。在白驴面前，它是黑驴；在黑驴面前，它是白驴。在公驴面前，它是母驴；在母驴面前，它是公驴。你说，在世界文学史上，出现过这样的驴的形象吗？你以为我写的真是一头驴吗？不，我写的是人。在我们的前后左右，每时每刻，都有一些像黑白驴一样的阴阳人，他们察言观色，他们趋炎附势，他们唯利是图，他们见利忘义，他们没有良心，却挥舞着良心的大棒打人，他们没有道德，却始终占据着道德高地，他们在驴和人之间频繁转换，驴脸上挤着人的微笑，人身上长着驴的皮毛。生活在这样的世界上，你说，我们怎么能服气？

他点燃一支烟，倒上一杯酒，一仰脖干了，又倒上一杯酒，一仰脖干了！姑父嘴哆嗦着，试图去夺他的酒杯，他猛地格开姑父的手，双眼通红，凶相毕露，说："从生理上论，你是我的父亲；但从心理上论，你是我的仇敌。"——你听听，你听听，姑父可怜巴巴地对我说。你听听这些话还是人说的吗？——这些话当然是人说的，如果我不是人，那岂不是侮辱你？是的，你们教育我，要感谢父母的养育之恩，但你们值得我感谢吗？你们把我弄到这个黑暗的世界上，让我痛苦而悲愤……

我说，老弟，别装疯卖傻了。我也喝醉过，但醉了皮肉，醉不了心。这家庭，没有亏待你。你从小到大，娇生惯养，我放牛的年龄里，你在小学里捣乱破坏，砸玻璃揭瓦，我在水利工地上汗流浃背的年龄里，你在中学里抽烟喝酒写歪诗。你已经三十多岁，游手好闲，不务正业，想入非非，眼高手低，大事干不了，小事又不做。古言道三十而立，村里像你这般大的人，早就当家过日子了，可你还要父母养着你，不但要养着你，还要养着你的老婆孩子，你还有什么脸面在这里怨天尤人，你还有什么理由在这里借酒装疯？

我不服气！他捶打着胸膛，高声喊叫着，为什么，为什么那些笨蛋可以飞黄腾达？为什么那些骗子可以锦衣玉食？为什么才华平平者却可以扬名立万？为什么我满腹才华却要老死在这破败的村庄？你现在是名人，听说最近还当上了什么副主席？但骗子最怕老乡亲，草包最怕亲兄弟。别人夸你是天才，在我心目中你是驴屎！你那些破小说，全部加起来也抵不上我那《黑白驴》的一行字。你浪得虚名，你欺世盗名。世无英雄遂使竖子成名，可悲吗？不可悲，真正可悲的是遍地英雄却使竖子成名！

　　我站起来，想走。但他堵住门，说：你不是欢迎别人对你提出批评吗？为什么我只批评了你几句就要躲开？你可以反批评啊，你可以与我辩论啊！你经常要别人有点雅量，为什么自己没有一点雅量呢？是的，我是一个无业游民，或者可以说是一个二流子，你听听一个二流子对你的批评不是更显出你的雅量吗？你是成名作家，我是文学青年——连文学青年也不是——我是一个文学疯子，许多人以为，有你这样一个表哥，我会跟着占便宜，想当初，我也对你心存幻想，以为你能提携我，帮我发表作品，但你武大郎开店，你生怕我超过你，你不但不帮我，反而压制我，打击我，讽刺我，挖苦我，贬低我，嘲笑我，你不敢面对真理，不敢承认我的才华，不敢面对我的《黑白驴》。我的《黑白驴》，在你那儿压了很久，你说是找《××文学》《××月刊》还有什么驴屁文学的编辑看过，当初我还以为是真的，但后来我明白你骗我，我的《黑白驴》，你没给别人看，你不敢给别人看，你明白那是杰作，你明白，一旦我的《黑白驴》面世，你们这一茬作家，通通都要退下舞台！你嫉妒我的才华，但你不敢承认你的嫉妒，你是个小肚鸡肠的小人，你生怕别人超过你，我之所以落到今天这步田地，你是要负责任的！

　　——我喝了一杯酒，我已经好久没喝酒了！我怒冲冲地说：宁赛叶先生，做人要有良心，说话要有根据！你的《黑白驴》，我确实看过，对，我承认，我确实没把你的这头驴，寄给任何刊物，因为我觉得，这头驴是头非常一般的驴，它没有个性，充其量是一条杂种驴——

——杂种出好汉！他说，真正的好作品，都是杂种！你自己也承认，你是受了西方文学影响又继承中国文学的传统然后又从民间文学里汲取了营养，你的文学，也是杂种！

——好好好，算我说错了，但是，我把《黑白驴》还给你之后，你完全可以自己往外投寄啊！邮局是国家开的，只要你付足邮费，他们敢不给你邮寄吗？中国这么多文学刊物，你可以投稿啊，即便有不识货的，但总会有识货的，是金子总会发光的。

——我知道你会这样说，但问题是，这么多刊物，全都被你们的同伙把持着，他们当中，多数有眼无珠，即便有几个识货的，但他们能发表一个无名小辈的作品吗？我没钱去给他们送礼，我更不是文二代文三代——所以，我恨你，你本来是有能力帮我发表的，也只有你可以提携我，但你嫉妒我，你生怕我露出头角压住你的名声。

——你可以把你的大作贴到网上啊！

——网络就是净土吗？网络也早就被那些网霸们分疆裂土，一个个的团伙，一个个的圈子，吹捧的是他们自己的一伙，虚拟的网络暗无天日，我对这一切都看透了。我真想变成一头天驴，把日吞了，把月吞了，把地球吞了，把一切吞了。

——你成不了天驴，充其量是条黑白驴，连黑白驴都成不了，你是条疯驴！六亲不认的疯驴！你有什么资格攻击我？就因为你的母亲是我的姑姑？就因为这么一点血缘关系？二十多年前，你就可以像召唤一个小伙计一样，把我叫到你们那一伙小文痞的酒桌前羞辱我？你们既然要用我的名声为你们的垃圾小报造势，又为何当面把我的作品和我的人格贬得一钱不值？你高考落榜之后，不是让我为你找工作吗？

——你帮我找了个什么工作？你让我去酒厂里刷酒瓶子，我站在水池边，像一架机器，重复着同样的动作，面对着一堆玻璃瓶子，我一刻不停地刷啊，刷啊，我把一个个肮脏的瓶子刷得一清二白，但我的心里越来越脏，我怨，我恨，我悲，我愤，我恨不得变成一把火，熊熊燃烧，把这肮脏的世界，烧成一片废墟……

——是的，我说，你感到刷酒瓶子委屈了你，是高射炮打蚊子——大材小用了。但接下来我把你介绍到供销社，让你去站柜台卖货，这事儿比较体面吧？你知道，我当年的最大理想是当一个供销社售货员，风吹不到，雨淋不着，可是你干一两天，就让账面亏空了一百元！你当然不会承认是你贪污了一百元，供销社里我的那些朋友，也没有明说是你贪污，但他们心里是怎么想的你知道吗？我批评了你几句，你一脚将人家的门踢破，然后不辞而别。你连自己的铺盖都不要了，那可是姑姑为你新絮的里表三新的被褥，他们在家里盖什么？一条千疮百孔的破毯子！人家供销社让你去拿被褥，你说什么？你说"让他们盖着我的被褥去死吧"！人家将你的被褥扔到大街上，狗在上边撒尿，鸡在上边拉屎，周围的人在旁边议论，你让我替你蒙受了耻辱啊！

——他们根本不是人，是一群奸商！他们往酒里掺水，往化肥里掺盐，他们大秤进小秤出，他们制假贩假，坑蒙拐骗，我怎么可能跟这样一群败类共事？那一百元钱，是他们制造的一桩冤案。他们看出我跟他们不是一路人，他们怕我坏他们的事，所以用那样卑鄙的手段挤走了我。你不是一直标榜良心吗？你不是一直用你的文学揭露丑恶吗？为什么还站在他们的立场上批评我？文人无行，你就是一个活生生的样板！

——就算供销社那些人陷害了你,但我后来把你介绍到锻压设备厂,知道你是有文化的人,让你在政工科写材料,守电话,这一次你是给了我面子,干了一年,可这一年里你干了什么?你谈了两场恋爱,第一次跟油漆工小宋,把人家肚子弄大了然后把人家踹了,第二次跟保管员小于,把人家搞得哭哭啼啼寻死觅活。锻压设备厂厂长、我的朋友老姚,如果不是看着我的面子,早把你送到派出所里去了。老姚对我说:你那个表弟,是个大才,咱这小小乡镇企业,水太浅了,养不住这条真龙,是不是让他另谋高就?我的脸像挨了一串耳光,火辣辣的。你确是天才,但我觉得你最大的才华是骗女孩子,你是这一行当的高手啊,你相貌平平,自己没钱,家境贫穷,但能让那么多女孩子为你献身,不但献身,还献钱,那一年你衣着光鲜,出手阔绰,花的都是小宋和小于的钱吧?

　　——你没权对我的私生活说三道四!你们文艺圈里,有一个干净的吗?但我要说,老姚是个混蛋,他的锻压设备厂,生产的基本都是废品,为了把这些废品卖出去,他贿赂采购人员,手段卑劣,无所不用其极……

　　——好了,天下没有一个好人,只有你一个好人。后来,你想参军,姑父找到我,我只好厚着脸皮帮你找人,你如愿以偿当了兵。原本希望你能在部队好好锻炼,好好学习,争取考上军校,提成军官,也算一条光明大道。可你到了部队又干了些什么?你大概又去勾引地方的女青年了吧?

　　——是她们勾引了我!他眼睛通红,仿佛要与我拼命,是她们设局陷害了我!

　　——行了,老弟,复员回乡之后你又干了些什么?你跟金希普到济南办报,鬼知道是家什么样的野鸡报,你半夜三更打电话,让我给你们写"名人寄语",我当然不写。我也幸亏没写,我看过贵报,报上登载着"大力丸"广告,家传秘方,包治百病,金希普自封社长兼总编,封你为副总编兼首席记者。你不是还拿着记者证回家炫耀吗？连姑父姑姑都被你蒙住了，以为你走上了正路。你拿着假记者证在家乡坑蒙拐骗，兔子还不吃窝边草呢，你可好，专门在本县地盘上打转转，你跑到陶阳镇去讹诈人家，被人家当场扣下，大概皮肉吃了点苦吧？挨揍之后你又把我供出来了，说是我表弟，县委宣传部张副部长打电话问我，我只好承认，确有此人，人家看在我的面子上放了你一马，否则完全可以以诈骗罪把你送进去！

——诬蔑，这完全不是事实！他们为了建那座高度污染的化工厂，强占农民的良田，农民联名写血书上访，都被他们扣下。我们为民申冤，又受到他们诬蔑！暗无天日啊！他用手揪着自己的头发哀号着。

——你当时是怎么说的？你说只要你们赞助十万元，我们就把消息压住。否则就立即见报！就算他们建化工厂不对，但你利用这种方法诈钱，又能比他们好到哪里？

——诬蔑！完全是诬蔑！

——就算他们是诬蔑，接下来你又干了些什么？你要干实业，生产什么高科技电子灭蚊器。让我投资，我明知你这种人靠不住，但还是希望你能浪子回头，于是借了三万元给你。那可是八十年代初期的三万元。你在县城租房子，买了一辆二手面包车，放鞭炮开张，接下来，天天请客，吃饭，甚至充大款给小学捐钱买电脑，不到两个月，钱造光了，关门大吉。

——你那点臭钱，我迟早会还的！生不逢时，时运不济！苍天啊，大地啊。

——办企业失败之后，你在济南跟着你哥们儿流浪，可能你那哥们儿也容不下你了，你只好回家来继续啃爹娘。你抽烟，喝酒，都要姑父供给，为了你，姑父退休之后又给人看大门，姑姑七十多岁了，还每天去冷库扛活。清早出发，晚上回，中午啃口窝窝头。你看看他们二老，面如黄土啊，你还有一点人味吗?

——我有了钱,会加倍报答他们的!

——不错,从前年开始,你良心发现,放下天才架子,抛弃幻想,开始到钢窗厂打工,每月可挣两千元。干活期间,又谈恋爱,这次不错,跟人家结了婚。不久又生了孩子。看到你的变化,我们发自内心的高兴,合伙为你装修了房子,你媳妇也去打工,姑父姑姑在家看着孩子,加上姑父的退休金,每月可收入五千元,电视换了,冰箱买了,太阳能热水器装上了,可以说基本上小康了。但好景不长,金希普又来了。金希普一来,你就疯了。我对你已经仁至义尽,从今后起,我不会再说你半个不字,你也不要再来找我。

——中国人民有志气,他说,我宁愿讨饭,也不会进你的家门。

——太好了,我说,太好了!

——先生,请不要隔着门缝看人,更不要得意忘形。文学是人民的文学,谁也不能垄断。我几十年颠沛流离,走南闯北,住过五星级宾馆,也在街上露宿过;吃过海参鲍鱼,也曾从垃圾堆里找食吃。我办过企业也打过工,我打过别人也挨过别人打,我看透了这个世界,我对人有了深刻的理解,现在,到了我拿起笔来写作的时候了!先生们,你们的时代结束了!轮到我上场了!

——他将酒瓶摔到地上,伸出右手食指,指着姑父,痛苦地质问道:你,凭什么偷拆我的信件?你以为你是我的父亲就有权力偷拆我的信件吗?——他号叫着,眼睛里流出浑浊的泪水,然后,身体突然前倾,伏在桌子上,又嚎了几声,便呼呼地睡着了。

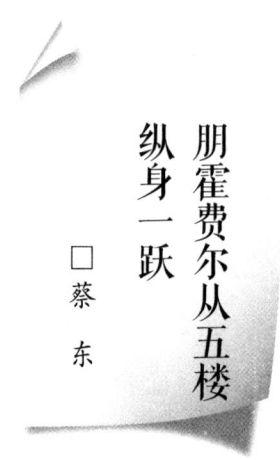

朋霍费尔从五楼纵身一跃

□ 蔡 东

海德格尔行动筹划了已有半年,总是快成了,到底又没成。周素格透过玻璃窗往外看,大晴天,阳光从无云的天上浩浩荡荡地涌过来,阳台,花坛,泳池,到处积着白亮的光,看得她一阵眩晕,转回头来向着室内,眼睛里似蒙上了一层雾翳。

钟点阿姨负责清洁的最后一个地方是厨房,眼看阿姨晾抹布摘围裙了,周素格才下定决心,还是张嘴吧。

她把阿姨拉到卧室里,问,你再待两个钟头行吗?

阿姨警觉地扬起下巴,说,活儿干完了,瓷砖缝儿都用牙刷来回刷了。

再待两个钟头,不干活儿,看电视。

对方正犹豫着,她补上一句,这两个钟头也付给你酬劳。

阿姨朝门外努嘴,他呢?

他不跟我出去,你俩一起看电视吧。

你出门办重要的事情?

周素格点点头,是,有重要的事情紧着办。

她走到电梯口,盯着楼层显示器,电梯在十七楼停了一会儿,动了,每层一顿,她没再等,转身沿楼梯走下来。她步子急促地走出小区,穿过斑马线,进入路对面的公园,找到一张长椅,坐下来。

眼前是一块草地,网球场那么大。她望着草地,心里只有一种感觉,辽阔,太辽阔了。她塌陷进椅子里,身体本来像一把扎紧的线穗,这会儿,倏地全松开了。风是暖润的,阳光从树叶间漏下来,碎碎地落在身上。她向后仰着头,眯起眼睛,看到无云的天空像一张干净的没有皱纹的脸。

头顶的树叶,被阳光照耀成半透明的片片琉璃。她呼出一大口浊气,顿觉全身一轻,眼目也清明起来,目之所及,往常混沌沉闷的那一整块绿,活泛跳闪起来了,在初夏澄净的阳光里,各有各的意态。凤凰木、鸡蛋花、垂榕、香樟,她一一辨识了出来。

还有更多的树,绿得深浅不一,叶片形状各异。她有些惭愧,此前,她一直以为它们是同一种树。她沿着被树荫覆盖的小路往公园深处走,细细地看树干上的标识牌,绢柏、大叶紫薇、菩提、黄缅桂、木莲……远处的斜坡上,孤零零长着一棵树,正开着蓝色的花,一种恍恍惚惚的蓝色,花朵聚集在树梢,如一场场梦境般,浮在空气里。她走近了看,这棵树叫蓝花楹,它还有一个更美的名字,蓝雾树。

她倚着蓝雾树坐下,身下的草,在这背阴的地方,绿意更加凛冽鲜明。不远处,一个老太太领着一个三四岁模样的小女孩玩耍,小女孩看起来很不高兴,她一做状要哭,老太太就慌了,把她抱起来轻轻摇晃着。晃一会儿,老太太试探着把小女孩放下,小女孩不依,老太太就蹲下身子藏在灌木丛后，然后猛然露出头来，嘴里发出"叭、叭"的声音，小女孩嘻嘻笑了。周素格看到，孩子暂时得到安抚后，老太太转过身去疲倦地闭上眼睛，很快又睁开，眼皮奋力往上一抬。她挤眉弄目，不断露出夸张的表演性的神情。周素格望着老太太，只觉得累，觉得伤心。再远处的花墙下，聚集着成堆的老人和孩子，好像大家聚在一起，度过一个下午就不那么艰难了。照看孙辈的老人大多是胖子，不是源自于单纯享乐的胖，是终日劳累精神紧张暴吃出来的那种胖，她们穿超市开架的廉价服装，兼之头发稀疏一脸横肉，看起来总有些不堪了。周素格知道，她们本来不是这个样子的，她感叹着，把目光从花墙处收回来。

老太太又神秘地消失在灌木丛后，露出头来时，小女孩没有笑。她只好抱起女孩，去了花墙那面。过了一会儿，一个年轻女人走过来，坐在蓝花楹树冠的阴影里，她看起来有些心神不定。很快，她的手机响了。她受了惊吓般从包里翻找出手机，她说，怎么了，我还在商场，衣服没挑好呢，回不去。她有些急，到底怎么了，你说呀。她说，你别把孩子送过来了，我回去吧。

周素格同情地看着年轻女人。电话那边儿应该是她丈夫，周素格猜测着，又是一个无比重要的女人。刚出来不到半个钟头，丈夫就通知她，孩子哭了闹了，也可能，没说孩子想妈妈掉眼泪了，就一句话，"你回来看看就知道了"，不祥的气息从电话里透出，女人心往下一沉，然而又觉得这情境甚是熟悉，未及辨认清楚嘴里已答应回去了。

年轻女人没有马上回家，女人把自己摊平躺倒在草地上，躺了一会儿才起身离开。

周素格看看表，她也是时候回家了。她走出浓荫，置身于夏日阳光的明亮中，明亮得像歌剧女演员的一长串高音。

路上，她想着美好的蓝雾树，想着发生在蓝雾树旁的两幕小小的悲剧，一步一步地往家里挪。

昨天晚上，她想出去散散步，没什么，就是出去散个步而已。她刚站起身来，他马上也跟着站起来。她看一眼他脸上的表情，即刻判断出，这会儿他不是成年人。她说，你先坐下，别动。她边往储藏间走，边回头看他，他动作迟缓地坐下了。

储藏间里放着一把椅子，楸木框架，布艺软包的靠背和坐垫，可折叠，最大角度一百二十度，真是一把宽大舒适的座椅。半年前，她找遍家具卖场才寻获到这样一把椅子，她掩饰不住自己的满意，以至于连九五折的折扣都没有要到。她以为自己早就准备好了，准备好做那件事了，工具齐备，具体实施时动作的步骤和要领也烂熟于心，或者说，她在意念中已完成过很多次。她甚至专门为那件事起了个代号，就叫"海德格尔行动"。

她坐在椅子上，椅子含着她，储藏间的杂物含着她。每次在储藏间待久了，看着木架上一层层放好的生活物品，就好像看到了一层层时间，云母片岩一般的时间。小小的储藏间盛放着过往那些有密度有兴致的生活，分类放置的用品，代表着过去某段时期在某个领域的阶段性狂热。她时常在清晨午后的某些时刻讲究仪式感和器具之美：生活中需要这样的时刻，哪怕有些做作，哪怕心知肚明这不是常态。储物格里是软布覆盖的茶具，抽屉里是闲置的烤盘，角落里是蒙尘的长方形塑料盆——她喝茶、烘焙和种菜的残留，那些曾经热烈的过日子的兴头。

实施海德格尔行动所必需的工具，被她藏在储藏间最隐秘的地方，一个暗格里，跟她的白玉吊坠、珍珠手串和金饰放在一起。工具说平常也平常，但毕竟不是常见的家庭日用品，托老家的亲戚专门找了寄过来，颇费了番周折。

她抠开木板，往里头看，先看见的不是黄金珠玉，不是发光的黄金珠玉，是那件颜色暗沉的工具，一下子就扑到眼睛里。

她已经很久不佩戴首饰了，但始终记得首饰接触身体时的感觉。夏天戴上珍珠时那一瞬间的微凉，冬天热热的白玉坠子从毛衣里拉出来时胸口的虚空。

她抬起手来，准备取出工具。手缓缓地接近柜门时，她看见自己手上的皮肤变柔润了。有光透过玻璃窗，照进幽暗的储藏间，月亮出来了。

她挽起窗帘，重新坐回到椅子上。月光顺着黑暗淌过去，跟那天晚上的月光一样，柔软，轻逸，静静地在房间里漾着。得有十年了吧，那个夜晚，依然清澈地浮在无数个模糊晦暗的日子上面。

那晚，她走进卧房，摁下吸顶灯的开关，灯管沙沙两声还是熄灭了，房里却有光。她走到窗前，发现了天空中的月亮，月光沿着她散开的头发披拂而下。看到手臂上的光，她蓦地愣住了，仿佛是多年来第一次意识到夜晚还有月亮。清光湛湛，融掉了一大片黑夜，月亮周围，是冰环一般的莹白的清朗，接着，才是灰蓝色的夜空。他也走进来，跟她并排站着。她说，我想起来了，以前读过的古诗都活了，有自己的气息和体态了，我好像一下子能回到古时候，亲眼看见写诗的那些人了。你看看，唐朝的月亮，不也是这一个吗？他说，我知道，不用多说了。他们两人，心领神会，他们两人和月亮，也心领神会。久远古老的月光，雪一样轻盈地落在他们的身体上，又化成了水般流向地面。月亮是痴的，多少年它都没变。他们在月光下并排坐着。她全身松弛，只觉得安详，她在他脸上也看到了踏实和平静。那一刻，她确信，他们抓住了一点儿不变的东西。那是个安全和确定的晚上，每次世界又让她惊惶难安时，只要一想起有过那样一个晚上，她就觉得心里踏实了。总有一些不变的东西。

此刻，她坐在椅子上，为明明没做成的事歉疚着：你想做什么？你想对他做什么？她合上暗格的门板，使劲儿摁了摁，像是要把那个邪恶险峻的念头关在里面，关严了，封死了，直至化成时间的灰。

她走出储藏间，把他从沙发上拉起来，说，走吧，我们一起散步去。

他们沿着人工湖的步道散步，月光在湖面的开阔处随水波潋潋地晃荡。他跟在她身后，不像影子，像是长在她身上了，硬石头一般，磨着她，坠着她。

夜里躺在床上，他抓着她的手才能入睡。自从朋霍费尔被发现摔死在小区天井后，他的情况就更糟糕了，清醒的时候越来越少。熟睡时，他依然花着一部分力气攥住她的手，甚至嘟嘟哝哝地，抓起她的手指头来用力吮吸。她夜梦很多。有时候会梦见朋霍费尔，被他揽在怀中，直直向上的尖长耳朵，全蓝的圆睁的眼睛，使得它保持住一副惊奇的表情。相较于雪白细滑的长毛和秀丽的尖脸，他更喜爱它这副惊奇的表情，好像时刻对世界有所发现。还有的时候，她梦见自己坐在飞机上，看到绵延的山向着一条河倾倒下去，流水被压扁，渐渐停驻在河道里，不动了。

第二天，周素格请钟点阿姨在家里多待了两个钟头，她独自一人来到公园，认识了一种叫蓝花楹的树。

我出门有紧急的事情要办。周素格眼巴巴地看着钟点阿姨。

钟点阿姨在家里做了三年，名字她总记不住，只记得是姓张。试用的那次，张阿姨做完清洁，和扫帚拖布一起并立在房间一角，喊准雇主出来检查。当着人家的面，周素格只随意扫了一眼，点头说好。等阿姨走了，她才蹲下去，伸长胳膊往电视柜里头摸，摸到最里面，看不到的地方，还是湿漉漉的，擦过了。谢天谢地，她在心里叫道。她俩年纪应该差不多，但周素格一直叫她阿姨。

阿姨说,你怎么又要出去办事?是上个月还是上上个月,不是办过了吗?

哪能是一桩事呀。你不用干活儿,就坐在沙发上看电视。咖啡,茶,想喝什么就喝什么。水果,鸡蛋卷,核桃酥,饿了就吃。

你出去多久?

三四个小时吧!

是三个还是四个?

四个。

那不行,待四个钟头就六点多了,我还要赶回家做晚饭,我男人——

这次酬劳加倍。是急事,阿姨,你当帮我个忙吧。

张阿姨用百洁布猛搓几下人造石台面,抬起头来说,去吧,你去吧。

为了节省时间,周素格选择乘坐地铁,转一条线再坐三站,就是博物馆了。

几天前的傍晚,潦草的饭菜又被端到油腻的茶几上,她招呼他过来吃饭。两人一边看电视,一边把食物塞进嘴里。就是填饱肚子而已,他们已很久没有坐在餐桌前,好好吃一顿晚饭了。

本地新闻依旧是高空坠物、涵洞抢劫、孩童出走,节目快结束时才播报了一条文化新闻,她听着听着,猛地抬起头来,盯住了电视画面。屏幕里像透出一道光,另一个世界的新异的光,一下子照亮了接下来暗淡的一日。她站起来在屋里走来走去,越想越兴奋。兰森,她脱口叫出了他的名字。

随即,她意识到了什么,脚步放慢了。暮色在这一刻步入房间,她沉默地坐下来,夕照的光犹疑无力地浮动,屋里明明暗暗,抖颤着,悬垂在白日的边缘,不知道什么时候,黄昏转了个身,不见了。天黑了下来。

夜里她睡不着，照例是精骛八极心游万仞，头脑变得机敏异常。石器时代文物特展，石器时代，石器时代，她在心里默念着这四个字。她已经五十多岁了，却突然想到该去博物馆看看了，突然对石器时代的人怎么生活产生了兴趣。她也想跟他说说，像以前那样，无论多么复杂幽微的感受，也无论这复杂幽微是用多么破碎的语言表述出来的，彼此总是会意，不住地点头，并用欣赏的眼神看着对方。现在，她的高兴或悲伤，都没法邀请他品鉴了。

到底该怎样摆脱他呢？无数个想法像透明的汽水泡成串地升腾。第二天一大早，她下定决心，实施海德格尔行动。当然，上午一定要对他和善些，要忍住脾气少训斥他。她打算吃过午饭就取出木椅子和粗麻绳，捆住她的丈夫，确保他待在家里不会乱动煤气，也不会跑出去走丢了。她将拥有完整的一下午时间，想着想着，她就笑出声来了。

午饭是精心烹制的，红烧排骨，小白菜炒豆皮，西葫芦鸡蛋饼，海带汤，一一端上餐桌。吃饭的时候，因为知道海德格尔行动已矢在弦上，她对他就格外耐心，一脸笑模样，往他碗里夹排骨，轻声细语地让他多吃。落地镜映出餐桌和餐桌旁的两个人，她瞥了一眼，见镜中的自己正在微笑，只觉得别扭，镜中笑容蓦地消失了。她夹起几根豆皮，掉了一根，又瞥一眼镜子，心里有点儿发毛，怎么越来越不认识自己了，越来越拿不准自己了。说不清楚，真说不清楚。

他好像知道她是谁，眼神里没有茫茫的不安。她收拾碗筷时，他突然拉住她的胳膊，让她坐下。

她只好坐下，他慢慢从裤兜里掏出来一个什么东西，放在她手心里，郑重地压了压。她低头一看，竟然是一张皱巴巴的五十元钞票。

丈夫脸上带着讨好的笑，像献宝一样，给了她五十块钱。她想起了自己的母亲，母亲去世前的几年已不能走路，隔一阵子，歪在床上的母亲就跟犯了错一样地往外掏钱，她又急又气不知道该说什么好，母亲就讪讪地，把钱重新放回到枕头下面。

她把钱塞回到他手里，说，你是不是害怕什么？害怕我不管你？钱你自己收着吧。

他说，给你的。

她小心翼翼地问他，给我的，你知道我是谁吧？他低下头，攥紧了钱。

她叹了口气，说，我是周素格，你爱人周素格。你叫乔兰森，科大的哲学老师。咱家还养过一只猫，白色的安哥拉猫，你起的名字，朋霍费尔。

他认真听着，过了一会儿，他说，知道，我都知道。

周素格心里已然后悔，怎么又提起朋霍费尔了，万一他像上次那样拉着她到处找猫怎么办？她记得他遍寻不获的失魂样子。再度提起朋霍费尔，她心里是咯噔一下的，她忽然觉得有点儿不对劲儿，朋霍费尔是一只年届中年的猫，身手还算敏捷，经常上上下下地攀爬，五楼也不算高，它怎会落得如此下场呢？

无论如何，她都知道，博物馆是去不成了。一天天等着盼着，终于到了保洁日，她抓住钟点工来家里做清洁的机会，独自一人来到市博物馆。

一步就跨进了三百万年前。这里是另一个世界了，离她的生活足够遥远。她从没像现在这样渴望遁世，一瞥见几个中老年妇女在屏幕里晃动，她就烦躁不安，她对所有的时装电视剧都过敏。

第一眼看到石核、石球、刮削器，她呆住了。跟精巧无缘，但也绝不粗陋，她观察着小小的石球，一侧是毛糙的岩石粒，一侧光滑。它起起落落，砸开过多少颗坚硬的果实，她想象着那个场景。刮削器更让她惊叹，那磨过的一溜薄石片边儿，那一点儿非天然的弧度，现在这样看着，既叫人心生谦卑，又不禁后怕，那惊心动魄的一磨，到底是怎么发生的，要是没有那道灵光闪过，此刻我又在哪里？

旁边的展柜陈列着蚌饰和牙饰。她仔细一看年代，石球和蚌饰，竟然相距了两百万年，现在，它们只隔了一面玻璃。

她来到展厅中间的独立展柜前，里头是一块赭色的化石，它曾经是一只披毛犀的头骨。化石后面的背板上贴着披毛犀的复原图，还有一小段文字介绍。披毛犀是独来独往的猛兽，体长四米，鼻上一根长角，长毛垂地，皮厚得像铠甲。

石镞，陶鼎，纺轮，玉琮，每一样她都看得入了迷。最让她心动是一只骨笛，用鹤的骨头制成的笛子，笛子的一头已有些残破。她久久地盯着这根被制成笛子的鹤骨，鹤骨娉婷，担在两块肥圆的石头上。笛声如一缕轻烟从笛孔里飘出来，淡青色的烟，淡青色的笛声，升到穹顶处，顿了下，散开了。她的身体猛然一抖，灵魂归窍。

展厅里渐渐暗下来。最后，她重新回到披毛犀的化石前，她把手放在玻璃上，轻轻摩挲着。她真想骑着这头长毛垂地的猛兽，穿过一片空阔的草原，进入密林深处。

走出博物馆时，傍晚的光线，像一声声叹息，拉得长长的落在红砖地面上。

在地铁上，她看到一个小女孩，嘴贴住芭比娃娃的耳朵说着什么，女孩不时地觑看父亲，警惕，防备。周素格暗自揣度着女孩的心思，觉得很有趣。父女俩下车后，她也快到站了，蓦地，想起家里的他来。

他会不会也需要一个人独自待一会儿呢？就像小女孩偷偷跟芭比娃娃说话，其实并不想被大人听到。她胸口一热，是悲哀涌上来了，微微的灼烧感。他出神想事的时候，她总是在他身边走来走去，就算他真需要一个人待着，她也绝不敢再给他独处的机会。

她在小区门口就见到了张阿姨，张阿姨手里攥着个布兜，焦急地站在门口张望。一看见雇主，她就快步迎上去，说，你可回来了，以后我可不给你看家了。你家老乔总问我是谁，告诉他了也没用，五分钟一问，他还，他还，你快上去看看吧。张阿姨一脸上当受骗的表情。

周素格问，你出来多久了？他跌倒了？张阿姨说，不是，你自己上去看吧。

她没再多问，一路小跑上去，慌慌张张地把钥匙捅进锁眼，推门一看，他坐在沙发上，坐的位置跟她出门时一样。没有摔伤，不是脑溢血，这场景远没有她想象得那么可怕，她暗自舒了一口气。再走近看，她啊了一声，知道张阿姨为什么忸忸怩怩了。原来他尿裤子了，尿液顺着沙发淌，淌到地板上，汪着一摊。

她皱皱眉头，埋怨道，你傻啊，怎么不去卫生间呢？

他气鼓鼓地看着她。沉了一会儿，他抬起手来指着她骂，第一句叫骂甚是响亮，接下来的几句却断续低弱，莫名地泄了气，很快没了声息。

她继续说，你会用马桶呀，你不会连这个都忘了吧？

她看到他半闭着眼睛，两只手掌放在大腿根处缓缓收拢成拳头。坏了，他开始运气了，他已经在运气了。她心里暗暗叫苦，根据以往经验，他这是在酝酿下一波疯闹。她说，不要，不要，求求你乔兰森，你千万别闹。

忽地急中生智，她大叫一声，先于他躺倒在地上，开始翻滚。她抢占了客厅中心的空地，一边翻滚，一边念念有词。她辨认不出自己到底在念诵什么，形势所迫不及深思，任由喉咙里滑出念咒般富有紧迫感的一串叠声词。

她翻滚之余，密切观察着他的表情，果然奏效，他痴傻地张着嘴，木偶一般，已不是蓄势大闹的模样。她这才感觉到地板硌得肋骨疼，又不敢马上停下来，她的气息逐渐变粗，滚动得也越来越慢，终致仰面瘫软在地板上。

完全虚脱了，身子一直往下掉，往下掉，掉了半天，掉进一大片棉花般暄和的黑暗里，睡意袭来，但没有就此睡去，地板，沙发，他，都处在紧急状态中等她前去解救，理性悄然滋长逐渐主宰了她的世界。她不是真傻了，真什么都不知道了，翻滚完明确了这一点，第一个感觉是想哭。此刻滑畅地通往了彼刻，她看到自己站在讲台上讲庄周梦蝶的故事，初中语文课本里唯一的哲学寓言，讲过很多遍，从来不动情，直到现在，她才体会到那种深切的悲哀和无力，庄周与蝴蝶必有界限，庄周醒来后的第一个感觉，会不会也是想哭呢。

她侧过身子，鼻尖几乎贴上了茶几旁的书报架。她略支起身体，从书报架上拿出一本书，翻开来找扉页上的一段话。不用找，其实这段话她早就背过了：林乃树林的古名。林中有路。这些路多半突然断绝在杳无人迹处。大概是一年前吧，阿姨清洁书报架，她见抹布拧得不干就先把书拿下来，摞在沙发上，她偶然翻开一本书读到了这句话，愣怔了半天，心里有股说不出的惆怅。架上的书都是他曾经频繁取阅的，尼采的《论道德的谱系》，福柯的《疯癫与文明》，这些让她畏惧的书如今他也看不成了，但她始终没有把书收走，就陈列在架子上，常不等阿姨动手她自己就会细细掸去书上的薄尘，她幻想着，说不定哪天早晨醒来，就又见到他拿着铅笔在书上写写画画呢。

总算调匀了呼吸，她站起身来，挨着他坐下，轻声说，屁股湿得难受吧，走，换条干净裤子去。

他神情呆滞，没理睬她。她看看窗外，自言自语道，那我先来拖地吧。

她先用报纸把尿吸了吸，吸得差不多了，就去阳台上接了半桶水，一手提着水桶一手拿着拖把走进屋。他抬起脚来，她赶紧来回拖，然后涮拖把，换一次水，再拖两遍。

她使劲儿闻闻，确实没什么味道了，便直起腰来，走上阳台归置拖把。放好拖把，她反手扶住身体站了一会儿，看到对面的楼上，灯一家一家地亮了，一群麻雀像树叶一样从半空中落下来。

以前，周末的时候，乔兰森喜欢坐在阳台的藤椅上跟学生聊哲学，他说话不紧不慢，很随意地引述原典，一派闲逸迷人的风度。恩柏多克利，休谟，老子，陆象山，维特根斯坦，人，独立，道德，自由，辩证法，绝对精神，全是高级话题。她在屋里准备茶水和糕点，听到这些宏大高深的词就摇头咧嘴。现在，她忽然能理解了，这些词一点儿都不大不深，对尘世生活来说，也一点儿都不隔。到底要不要把自己的丈夫绑起来？这也是一个哲学问题。

她记得很多美妙的瞬间。那会儿，他才四十出头，圆寸发型很精神，身材又瘦高，站起来在阳台上踱步时，一步一步，像风吹动起铜管风铃，连脚步声都是清脆的。即使当着学生的面，她看他的眼神里也掩藏不住爱意。他的爱徒是一个从西北来深圳读研的男孩，他们共同爱好着哲学和围棋，两样都是考验智商的东西。别的学生谈谈天就走了，西北男孩会留下来吃晚饭，再陪他下盘棋。她始终记得，丈夫食指在下、中指在上拈起一颗棋子的模样，还有棋子落在楠木棋盘上的声音。叮铃落子的一瞬，忽然生出寂静来。让她想起，半夜下起绵绵小雨时天地间的空明寂然，半夜醒来，听到雨声，只觉得寂静，听着听着又睡着了，睡得很沉很沉，再醒来时，心里全是满足。

他在屋里喊了一句，她听不清，含混答应着。转身进屋时，她又想起了博物馆里的披毛犀化石。她遐想着自己的结局：骑一头披毛犀，无声无息地，从五楼阳台走上天空，消失在淡金色的天边。

看着饭菜，周素格有些心虚，切成粗条的黄瓜码在盘中，木耳炒鸡蛋，六个脆皮肠，虽然脆皮肠仿照《深夜食堂》的做法，颇为花巧地煎成章鱼须的形状，但明眼人一看就知，这是一顿风格敷衍、只图省事的饭。她盼着能把这顿饭蒙混过去。他对菜肴的鉴赏力时高时低，有时什么都不挑，有时却是老辣的评鉴家，三言两语正中要害。

他嚼了一口脆皮肠，她感觉空气很紧张，像一面鼓，绷得紧紧的。

他说，没有肉，吃不饱啊。她说，脆皮肠不是肉呀。他说，要炒的荤菜，荤菜。

她翻翻眼睛，说，吃吧。她知道他想吃炒的猪肉片，青椒炒蘑菇炒土豆炒什么都可以，如果他还是他，她多想对他尽情宣泄，她对生猪肉的痛恨，她再也不想切生猪肉了，死去多时的肉，冰凉，滑腻，淡淡的腥气，会让人生出细小而具体的绝望感。

他又说，菜太少了。她说，三个菜呢。他说，炒鸡蛋不能算一个菜。

她很想闭着眼大叫，发脾气，话冲到嘴边却觉得没意思，吵架也要势均力敌才痛快，他理解力和反应力都跟不上了，哪里吵得起来。她只能生闷气，挑衅地问自己，人为什么每顿饭都必吃？她总是被自己到点就来的动物般的饥饿感羞辱到。他肯定不知道，这两年，一日三餐带给她多大困扰，她把冰箱冷冻室里塞满各种半成品食物、速冻包子饺子，以便特别不想做饭时应个急。她也叫过一阵快餐，吃快餐竟吃得轻微厌食，又承受不了经常出去吃大餐的罪恶感，一看信用卡账单，钱基本都吃了，一顿饭连着一顿饭，难以置信，心如刀割，最可恨还吃胖了，接下来就开始处处俭省。为了省钱，也为口味计，她盘算好一周吃什么菜，带着他，拉着折叠车，跑农批市场。

说起来，她也算个热衷于家事的女人，兴头上跑几个超市买材料就为做一道程序烦琐的新菜。但现在大部分时候，她提不起兴致来，日子一天一天失去了柔韧性，心绪没来由就是恶劣无比。她听到了日子发出的声音，规律得让人听久了会发狂的声音。如果是她一个人，她更愿意将就，饿就饿，不严格按照饭时吃，而且，用馒头夹一块豆腐乳也可以是一顿饭。幸好还有桂格麦片，用水泡泡，早晨就不用开火了。她煞有介事地说，高纤维，降低胆固醇，健康食品，糊弄着他喝一碗。她暗暗感激着麦片罐子上的那个老头，他看起来真亲切，红润的好气色，微卷的银发在脸侧蓬蓬着。

虽然他指责这一桌"不算菜"，但这顿饭吃得还算顺利。她在心里默默感谢着各路神仙，并随即生出奇妙的预感，晚上的演唱会，她能成行。

一进门，张阿姨就强调，我是来打扫卫生的，半个月一次，合同上写得很清楚。

周素格心里一凉，本来还想诱之以利，看阿姨的样子，是早有防备的坚决。

她只好说，我那不是有事要办吗？不然不会麻烦你的。

阿姨眨着眼睛，说，办什么事？神神秘秘的。办事也可以带上他呀，他又不是小孩，也不会拖累你。

她也眨着眼睛，一字一顿地说，就是不方便。

阿姨没往下争辩，说，我在你家做了三年，也没见过你家的孩子，让孩子周末回来，你不就能出去，能出去办事了吗？

她说，孩子在加拿大，做飞机维修工程师。

阿姨拖着长音，"哦"了一声，说，孩子吗，孩子吗。

周素格想起，每次电话里，亲耳听着儿子说话，也还是觉得那么远漠，儿子的呼吸声很粗重，他生活在一个严寒的、空气稀薄的地方。她越想越觉得黯然，真想摸起电话来，对儿子说，你回来吧，不指望你什么，就回来住上几天。

她到底没有摸起电话，而是摸起遥控器打开了电视。

阿姨俯低身子擦踢脚线，嘴里还跟她闲扯着，问她护工请到第几个死心的，她说，请过两个就断了心思。阿姨又问，老乔认家吗？她说，搁板上的小物件该擦擦了。

阿姨不再说话，默默地干完客厅的活计，进了厨房。

周素格偷偷看了他一眼，他在家里呢，好好地坐着呢。她时常会吓出一身冷汗，他明明就在身边，她却担心他终有一日会失踪，在一个她不可能找到的地方流浪。

阿姨在厨房里喊，周老师，你过来检查检查，行了吗？

阿姨叫她进去看，多半是这次做得彻底想展示保洁的成果，烟机锃亮，锅具焕然一新，连盛放香料的玻璃瓶都挨个儿擦了一遍。她在客厅里说，肯定行，不看了。

送走了阿姨，周素格准备陪着丈夫，在回放里一集一集地找《天天饮食》看，看烦了就换成《西游记》。感谢电视，要是没有电视，这几年她真不知道该怎么熬下去。谁知他说不看，没什么好看的。

她说，要不，就睡会儿觉去？他茫然地摇摇头，说，我想做个木匠。

起病后，他说话就没头没脑地，但今天这句话还是让她愣住了。木匠？草青草黄做了三十年夫妻，她还是第一次听他说起，他想做个木匠。

她说，不对，你是学哲学的，你从小就喜欢哲学。

他说，我从小就喜欢做木工。

她看着丈夫，此刻的他，是裸露的，诚实的。借由脑部的萎缩退化，他再度成为十几岁的少年，那段幽密的记忆突然开始放光，纤毫毕现。

她点点头，我知道了，知道了，原来你是想做个木匠。

她看看表，已经五点多了。这些天，她的脑海里，总是时不时地浮现出公园花墙下的画面。老太太们把哭闹的孩子抱在怀里，"噢、噢"地哄着，声音里有一种不过脑子的机械感，表情是老猫般的漠然，还有一丝属于人的被理性管理着的情绪，管理后剩下的，至多算是无奈了。她们跟她一样，服着天地间古老而平凡的役，平淡无奇的劳累，理当如此的安排，没人觉得这其中有何难以忍受之处，更不会察觉到她们可能正身处绝境。她们活了这么久，铁做的一样，哪还有什么细致幽邃的感情呢？

她从来不敢细细地算，沦在这样的生活里，得有一千天了吧，还是更久？

她说，兰森，我等等给你买点儿做木工活的材料，眼下，我也——她犹豫着，到底要不要说出口。他一次次地回到过去并停驻在某个特定的场景中，他并不真正在这个房间里。

不管他是不是真正在房间里，能不能听明白，她还是说了。眼下，我也有自己想做的事，我想一个人出去待一待，放个假，放几个小时的假，你能听懂吧？

乔兰森点点头，他说，马颊河的木匠最好。

演唱会八点开始，她第一次看演唱会不熟悉情况，想着还是早去为好。她从暗格里取出麻绳，将几圈挂在胳膊上，又搬出木椅子，跟沙发并排放好，确保椅子跟电视机之间的距离合适。

他看到崭新的木椅子，很欢快地坐上去。她赶紧抻着麻绳，把他拦在椅子上，先系上一道。接着捆胳膊，木椅子棱多，很容易穿梭打结，最后是绑住两只脚踝。打结的扣是死扣，但绳子绑得松，怕勒疼了他。

熟练，迅捷，闪电行动。她半张着嘴，脑子里一片空白。所有的动作似乎都带着肌肉的记忆，所有的动作无须大脑参与，自己完成了自己。

看着她忙活，他一直笑，说，你先绑我，一会儿我还要绑你。什么时候换？

乔兰森终于被她绑在了椅子上。海德格尔行动，筹谋多时，大功告成。

她低声说，我寸步不离地看护你，时刻提着心，在超市里买袋盐也担心，往购物车里放完东西，一回身你已经不见了。

我真的受不了，受不了了，让我坐下，再找个小房间告解吧。

她拿起皮包，检查了一下演唱会门票。挎上包，换鞋，开门，她听见他的声音从身后传过来，你要走？

她说，我出去一下。他继续问，去哪里？她背对着他，说，你看电视吧，《猫和老鼠》。

她迅速关上门，乘电梯来到楼下。经过天井时，她的步子慢了下来。她控制不住地想象家里的画面。也许，乔兰森正低着头，身子往前挣，想从木椅子上挣脱出来。就算他从麻绳里挣脱出来又如何，他被幽闭在一个奇怪的地方，脸上是智识诡异消失的蠢样子，不能思考，不能独立完成任何一件小事，经历过的往事也逐片剥离，弃他而去。

她猛然睁开眼睛，白猫侵入了她的行程，这次白猫出现的方式跟以往不同，它不是被抱在怀中的，也没有躺在地上的光斑里。白猫朋霍费尔从五楼纵身一跳，摔死在小区的天井内。这幅画面如此真切，就像她亲眼看到过一样，画面里，白猫没有回头，一跃而下。

上楼，打开防盗门，冲进客厅，站在椅子前面。她惶惑地站着，根本不知道自己怎么会出现在家里。他笑了，说，这么快就回来了？

她愣了一下，忽然想到什么似的。她回答道，好玩儿吧？今天就到这里，先不玩儿了，晚上我带你去看演唱会。

她俯下身子先解他脚踝的绳扣，解了一会儿，麻绳磨得手指热热的疼。她从茶几抽屉里扒拉出剪刀，冲着绳子剪下去，剪刀刚一接触到绳子，她突然停住，放下了剪刀。

她坐在地板上，把牙和指甲都用上了才把绳扣一个个解开来，解完呼哧呼哧喘了半天气。休整片刻，她捡起地上的绳子，团起来，放回到储藏间的暗格里。

在体育场前的广场上，周素格把手里的票贱卖给黄牛，又从同一个黄牛手里买到两张奇贵的连号票。她牵住乔兰森的手，两人一起安检、进场、找座位。

钴蓝色的光笼罩舞台，拱形金属灯光架在夜色中发酵出浓浓的科幻感。体育场上方敞着口，露出一块椭圆的天，月亮靠过来，倚在树枝般的钢架旁，越发温软了。舞台上表演的是一个外国乐队，她听不懂唱词，但她明白了一点，在演唱会上，亲吻是一件容易的事。大屏幕不断闪现着情侣亲吻的镜头，那么自然，那么动人。主唱忘情，观众也就忘情，蹦跳，拥抱，喊叫，欢呼声涌潮般赶着，赶着赶着就从开口处飞升上夜空。她伸手搂着身边的人，云遮住了眉月，夜色渐深，恍然间，她有点儿怀疑了，是他吗，你把他放出来了吗？

主唱的声音不是从低到高慢慢攀升的，而是突然炸响，带着暴烈的毁灭感直达顶点，并不破不裂地停留在那里，高亮而宽广。她感觉自己被声音托起，在空中悠悠荡荡。此后的几天里，这种感觉始终不曾消失。

她记得她亲吻了丈夫，她记得亲吻时，半是沉醉半是痛楚地闭上了眼睛，那一刻，万人体育场空旷无比，仿佛就剩下她一个人了。

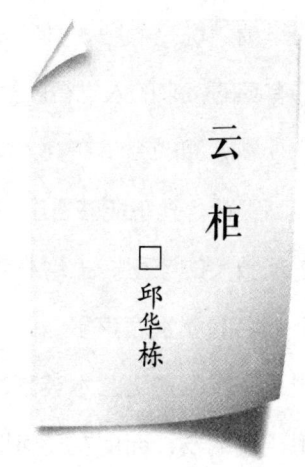

云柜

□ 邱华栋

1

"什么是云柜?"孔东好奇地问施雁翎。

一天,他们坐在丽都假日酒店南边一个酒吧的后花园里。这家酒吧每天晚上九点之后就特别热闹,各种肤色的人都有。在酒吧中心的大房间里,有一圈深褐色的高脚酒吧椅,围绕着中心酒廊,还有一个小型的台球案子靠着一面墙,你可以在那里随便打,不收费。远远地看去,酒吧的圆形铁券拱门上,一到夜晚闪烁的,是耀眼的酒吧的中英文名字。在酒吧的前院和后院,绿植掩映的场地上有很多露天座位,摆放的都是铁艺的桌椅,坐下来不小心碰了腿脚,会很疼。酒吧的前院,靠近一条非常热闹的商业街,一些品牌商店一字排开。在酒吧的后院还有一个人工小湖,有假山有喷泉有各色植物，连南方的棕榈和椰子树都有，也不知真假，婆娑地掩映着那些桌椅。说是酒吧，其实是餐吧，里面有很多种西式和中式的便餐，有吃的有喝的，来的人觉得就很好。

施雁翎的个子在女人里算高的，大概有一米七五的样子，因此她不爱穿高跟鞋。孔东能够看出来这一点。这是他们的第三次见面。第一次，是在王珂教授的家里。王珂喜欢在家里招待各路朋友，虽然比不上望京黄珂那个著名的流水席家宴，但王珂作为一个著名的当代美术史教授和策展人，也是京城的各路艺术英豪都认识的人，他喜欢在周六或者周日这一天在家里招待朋友，而朋友还可以带来朋友，即使来个几十人，他那个位于东五环边上的大宅子里，也都能够坐得下。所以，当时孔东因为想买一位画家的画，又不想在画廊里买，就在王珂家里去找那个画家面谈，结果就认识了施雁翎。

孔东先是和画家谈好了画价，然后就在院子里闲逛，来的人大都是艺术界的，还有艺术家的各色朋友，人非常杂。他看到有一个高个子穿白衬衣、红裙子的姑娘站在那里，背影很窈窕，就端着酒杯，走过去搭讪。两个人一聊，发现对方竟然都是单身，虽然孔东是艺术系教授，施雁翎是做生意的，他们俩都喜欢绘画，谈得比较投机，就多少都有了再见的意思，留了对方的电话号码。

过了一个星期，他们约好了在燕莎饭店东边一公里处的那家枫华园露天汽车电影院见面。既然是汽车电影院，两个人就都是分头开车去的。碰面之后，孔东还是坐到了施雁翎的那辆宝马X5里面的副驾驶座位上，一起看了电影《地心引力》。因为，孔东开的是轿车，底盘低，在露天汽车电影院看电影，底盘高的宝马越野车视线就好多了。在汽车里看电影本来是美国人喜欢搞的事情，这样情侣可以顺便搞搞车震。但他们俩刚约第二次，都非常拘谨。看过了《地心引力》，两个人之间似乎多少产生了一点引力，于是，就有了这第三次的丽都饭店南侧的酒吧里的约会。

"云柜？云柜嘛，怎么说呢，就是我们做的云计算工程的一个主机系统。我做了几个公司，其中一家，现在主要是做云计算系统服务提供商。云计算你听说过吧？就是用互联网技术来服务传统行业做业务提升。我们的这个云计算互联网电子计算机业务，主要针对的是能源行业。我们国家的能源行业很庞大，比如电力、石油、煤炭企业的自动化、计量、监控平台等等，都需要我们的云计算系统来提升运作水平，我们可以提供自动化、信息化的全面系统的解决和应用开发。具体说起来，也就是通过大数据分析，将云计算分解为云计算服务和云计算平台。在云计算平台上，有办公软件、资源租用服务、网络计算服务、数据储存、应用开发等等，通过大系统将大数据进行采集、分析、储存、仿真等等，这涉及了节点管理、资源汇聚调度、分布式系统、流动和透明性以及机器管理机器，在客户端应用程序的服务中，有用户管理、权限、日志、智能搜索、统计分析等等，采取云端整体解决方案，是一个一体机系列，这个云端整体解决方案，就是我们提供整柜交付一个云柜，此外，还有开箱就能够运用的云仓，以及一站式云慧智能分析平台……"

孔东打断了施雁翎的话："你说的这些，都是云里雾里啊。这互联网时代的词汇也是奇葩朵朵，我一句也听不懂，除了云柜，又出来了云仓、云慧，这都是什么呀？这都是云计算的一部分吗？你就告诉我什么是云柜好了，别的，我都不想知道了。"

施雁翎笑了，她就觉得孔东作为一个美术学院的老师，虽然和自己从事的行当隔着几千里，但正因为如此，彼此还有些神秘感。"云柜，简单说，就是我们可以整体交付的一个计算机平台，外形像一个柜，大小像一个小冰箱那样，是一台立柜式的服务器。我们的云柜是黑色的，在这个云柜里面，硬件架构有业务交换、存储交换组成的网络资源池，有管理集群、负载集群构成的计算资源池，还有一级和二级存储构成的存储资源池……"

孔东傻眼了，"那我还是听不明白，这云柜能做什么？"

施雁翎笑了，她觉得孔东傻乎乎的，很可爱："哎呀，说白了，不过就是一个大型的计算机系统的柜子嘛。"

孔东明白了，"啊，也就是一个柜子啊。"

施雁翎说："不说我那个云计算了。我白天见客户，嘴皮子磨破了，谈的都是云计算云计算，我今天来见你，可不想谈那些我生意上的事情了。我是有事情要和你说。很重要的事情。"

孔东忽然有点紧张，因为，虽然只见了几次面，他感觉施雁翎是一个很强势的女人，她多年来自己做公司，做得还不错，钱也没有少挣。上次，她说她最近在东五环的银街又买了十几间铺面房，那可是盖在地铁站边上的黄金地段的铺面房啊。孔东就认真地看着她。她个子高大，基本不施粉黛，今晚卸妆之后，多少有点暗灰。但施雁翎似乎欲言又止，他们眼前的桌子上那一大盘金枪鱼沙拉，基本没有吃几口，他就拨弄这沙拉，寻找着里面那黑色的腌橄榄小球。

施雁翎喝了一口果汁，说："孔东老师，咱们俩都是单身，对不对？"

孔东说："是啊，我肯定是单身。"

施雁翎说："咱们已经见了好几次面了，我对你印象很好，有感觉，有些期待，起码，我是这么看你的。"

孔东有点不好意思地说："感觉是有点感觉，但还需要继续接触——"

施雁翎笑了笑："我做了这么多年生意，觉得什么事情都不能态度暧昧，不能犹犹豫豫，要直截了当，当机立断。"

孔东感到更紧张了,他不明白施雁翎说的"当机立断、直截了当"是要做什么。难道,是当机立断地和他闪婚吗?他知道现在有些年轻人什么都能干出来,他们搞闪婚,裸婚,然后,他们再闪离,或者干脆就不婚。闪婚,就是闪电一样结婚,最短的认识才一天,长的,认识一个月就结婚了,这都算闪婚。闪婚其实是有些道理的,男女之间,假如想走入婚姻,有时候想多了反而没有大用,只有闭着眼睛往坑里一跳,其实也没所谓。闪婚之后再慢慢相处,也很好。结婚这个事情,的确需要坚决果断,不能犹豫和态度暧昧。至于裸婚,指的是双方都不送彩礼,不搞繁复的结婚典礼、宴请,就单单领个结婚证,然后,就住在一起了,就结婚了,过上小日子了。可是,这闪婚对于离异后单身的孔东来说,要让他再次进入婚姻之门,那是需要给他一些胆量的。他可不愿意立马就范,他知道,有些女人是喜欢在婚姻关系里狠狠地修理和拾掇男人,直到男人彻底就擒,婚姻是女人的保护罩,她们在婚姻关系里为所欲为,翻手为云覆手为雨,威风八面啊。

孔东想,当机立断就此不联系了,也很好。他说:"好吧,那就当机立断。你说,怎么个当机立断?"

施雁翎说:"很简单,孔东老师,你那么聪明,秀气,英俊,坦诚,我很喜欢,是我中意的男人。也就是说,我喜欢你的人。人好,基因就好,基因好,后代就好。但要是我们现在去走向婚姻,去结婚,生孩子,这需要一个过程,这个过程需要很多时间,我们要来相处,互相了解,要你和我都投入很大的精力。可是,你忙,我知道,我也很忙,你看,我每年有几个月都在外面飞。我们没有时间整天用来谈情说爱。于是,我想了一个办法。不仅是想了一个办法,而且,我已经连所有的细节都策划好了,今天才来和你谈的。这个事情,就是需要你当机立断了。一个是,我们俩需不需要结婚这道法律手续?我觉得不需要,只要是我们互相喜欢对方就可以了。"

孔东没有听明白,"只要是喜欢对方就可以了——你的意思是——同居?"他想,是不是现在施雁翎想的,是两个人应该当机立断,立马同居在一起?

施雁翎挥了一下手,果断地说:"不是。好了,既然我们不需要结婚这道手续,可是我和你都想要一个孩子,那怎么办?"

孔东嗫嚅着,"怎怎怎么办呢?"

施雁翎很有把握地看着他,说:"我有一个办法。你看,你很忙,我也很忙,我没有时间怀孕生孩子。那我就找了一个代孕的姑娘小曹,曹秀云,她是一个农村孩子,在北京一所大学读书,刚刚毕业,找不到工作,又不想回老家,正发愁怎么办呢,如果我答应给她二十万,她就帮助我们代孕一个孩子,这事就成了。现在她已经答应了。有时间的话,我可以带你去看看她。一个很清秀的姑娘,代孕一定不错——代孕的姑娘也不能丑。现在,你听明白了吧?就是说,用你的精子、我的卵子,做成一个受精卵,植入到小曹的子宫里,由她代孕你和我的这个孩子,我们不用费力气,也不用结婚,就有孩子了。这样是不是很好?你看,这就是曹秀云的照片。"

孔东接过那个叫曹秀云的姑娘的照片看。照片上,一个很淳朴善良的20多岁的姑娘在微笑。宁愿做北漂女,也不回老家的姑娘,出卖子宫代孕可以尽快得到一笔大钱。这对她肯定是合适的选择。但他不知道为什么,忽然有些讨厌这个姑娘了。

施雁翎看着他表情的变化,"她是一个好姑娘,我考察过了,也给她做了详细的体检,她的身体非常好。女人嘛,最好的年龄就是20到30岁,现在,她22岁,正是最好的年龄,女人在这个年龄生出来的孩子,质量肯定是好的。不过,做代孕之前,需要签订一个代孕和保密合同,我要先支付给她10万元,她不过是代孕而已。而且,钱都是我出。你不用管这些。"

孔东听明白了,施雁翎是要这么做,这是需要当机立断。"我觉得,首先,这里面有没有法律问题?万一她把孩子带走了怎么办?其次,孩子出生之后怎么办?算谁的?你的,还是我的?谁来养?假如我们没有婚姻关系——这孩子最终算谁的?"

施雁翎的确是做云计算的,她成竹在胸地笑了。看来,她什么都计算好了:"这个我都想好了。孩子出生,我将另外一半的钱,也就是把剩下的10万元支付给曹秀云,她就与我们没有关系了。再一个,孩子是我的,不是你的。因为从法律关系上,我和你没有婚姻关系,等于只是借了你的精子。这孩子生下来是我的。而且,我找了两个保姆,一个是奶妈,另一个,是过去在北影厂当演员的一位女士,她人很好,是我的好朋友。她在纽约生活了很多年,自己的孩子都大了,喜欢小孩子,我会把这个孩子带到纽约,让她去带,我再回来继续做我的云计算生意。而那个孩子在美国长大。这就是我今天想告诉你的,我的想法。"

施雁翎说完了,此时孔东的大脑快速地运转着。他觉得,只有施雁翎这样的经济独立,挣钱的本领比大多数男人还强的女人,才能想出来这么一个有点匪夷所思的云计算的办法。此前,孔东也听说了很多别的,比如到香港和美国生孩子,就是为了要个身份,再比如,为了生双胞胎、三胞胎,要吃一种叫作"多仔丸"的药,催女人排出多个卵子,女人就容易受孕,而且,在受孕的过程中,哪个受精卵子质量不好,还可以监控和检测出来,这样在女人的子宫里就能杀灭,最后保留的,是最好的受精卵,生出来的就是多胞胎。也就是说,代孕、人工授精、多胞胎在技术上已经不是一个问题了,早就不是一个问题了。

"从技术上来说,你说的这些,都可行吗?"孔东不搭调地问她。他现在需要一点时间来继续做一个判断。

施雁翎笑了，她还是很爱笑的："技术上没有任何问题。做人工授精的医院技术很成熟。我已经找好了一家，有香港资金和技术的背景。现在，只要是你的精子的质量没有问题——"施雁翎双目炯炯地看着孔东，"现在，你知道，雾霾、空气和水污染，让很多中国男人的精子质量下降，不少男人的精子都出现了畸形和变异，即使是年轻的男人，经过检测，缺乏活力的、变异的精子也有。"

孔东笑了，"你很懂这个啊。看来你是做了功课了。那我问你，你知道男人一次射精会出来多少个精子？"

施雁翎莞尔一笑："男人一次射精，有一亿六千万个精子呢。有个作家写了一本书，书名叫《一亿六》，说的就是这个事情。一个正常的男人一生大约能射出来20公斤的精子。"

孔东当真吓了一跳："有这么多！"

施雁翎说："是的。所以男人花心啊。喜欢到处撒种子。所以，现在，孔老师，需要你当机立断了，不能犹豫。我再来理一下我们刚才说的事情：我们去医院做一个受精卵，用你的精子、我的卵子，做一个受精卵，然后，植入到我找到的代孕人曹秀云的子宫里，她来帮助我们孕育。孕育期间，我雇了专人精心陪护她，让孩子顺利生产出来，之后，与曹秀云的合同关系解除。孩子归我，我带到美国，交给我那个女密友来监管，还雇了一个奶妈一起养育，我会定期去看。而你，可以说自打孩子出生之后，与你就没有什么关系了。"

孔东："与我完全没有关系？我觉得，与我还是有关系啊。血缘上，我是孩子的爹啊。"

施雁翎说："是的，我明确地告诉你，孔老师，孩子是我的，你是孩子的爹,但我们没有婚姻关系,是我来策划和投资,我来计算和掌控的这件事,那就是我的孩子,我自己养,和你无关。你就放心吧。"

孔东还在沉默,他觉得这个事情的确是一桩云计算,一个只有云柜才能计算清楚的事情。看着既简单又复杂,似乎还藏着什么漩涡,他看不到。

施雁翎继续说:"就是借用了你的精子嘛——实际上,我也可以去精子库里买精子,但我很想知道是谁的精子让我的卵子受孕了。这不,我认识了你,我觉得你好,基因好,人好,聪明,智慧,身材挺拔,形象俊美,那就是你了,我第一次见到你,就这么想。这也是没有办法的事情,我很忙,打理几家公司,花费了我很多时间,我根本就没有时间来孕育孩子。这是没有办法的办法,是新技术支持下的办法,是解放了你们男人,也解放了我们女人的新办法。男人独立,那么我们女人也是可以独立的。"

孔东点了点头,他认同这一点。现在的女人,是独立得越来越可怕了。

"只是有一点,你听好了,我现在的生意做得很不错,可是,万一我十年二十年之后,生意做得不好了,或者我破产了,那个时候,这孩子来找你的时候,你要认这个事情。"施雁翎看着他,"你要认这个事,就是说,你要认这个孩子也是你的孩子。所以,你看,最终,这个孩子也是你的孩子,也还和你有关系。"

孔东听明白了,多年之后,这孩子假如回来找他,他必须要认这个孩子是他的,他是孩子的爹。这才是最关键的部分,才是需要他下决心的地方。他看着施雁翎,觉得施雁翎这个女人真不简单,她都能够想到那么远,想到了几十年之后可能发生的事情,这的确是云计算啊。她的脑袋虽然是圆的,但是思考问题也很像是一个长方形的云柜。

"孔老师,要当机立断啊。"施雁翎抓住了他那有些畏缩的手,热情地、充满期待地看着他。

孔东被她感化了，但也被自己内心的反抗所拉扯着。到底要不要孩子，以及他能不能接受和眼前的这个女人有一个孩子，他的内心无法确定。因为，一旦你和一个女人之间有了一个孩子，那么，这就是永远的牵扯了。这一点，是他最没有把握的。他说："这个事情很重大，你让我回去想想，我必须好好想一想。"

2

施雁翎只给孔东三天的时间，要他想好这个事情。因为，她已经联系好了医院，代孕人曹秀云也在等待消息，她需要代孕的预付款10万元，尽快汇给老家的父母亲，他们都得了病，需要花钱医治。医院那边也随时等待着孔东前去取精，孔东的脑袋里激烈地辩论着，纠结着。要在别人，很容易做出的决定，在他这里就十分困难。这与他有些优柔寡断的性格有关，别看他俊朗挺拔，眉眼英武，可是却有一点女人气。尤其是做事情，他总是不能立即决断。

从内心里来说，孔东是非常想要一个孩子的，只要是他的种就好。再说了，能够采取这个方案的女人，本来就不多，经济实力和思想观念都是这样，甚至几乎没有，因为孩子生下来，他都不需要养育，而是将孩子直接带到美国去养，省心省力。但似乎有一种他无法掌控的东西也在涌动，未来会产生什么问题，会导致什么结果，都是他无法预料的。孔东于是就非常踌躇。但有一个孩子这件事，同时也对他构成了强大的吸引力。繁殖显然是动物的本能，在本能的驱使下，他又有些跃跃欲试。

这个方案能成功的话，关键就是女强人施雁翎的经济能力好，她一个人就完全应付得了所有的事情，只不过需要他孔东配合一下，孩子不需要他生，也不需要他养，很长时间里，或者说根本就不需要他承担父亲的责任。只是有这么一个可能，那就是多年之后，施雁翎的生意破产了，完蛋了，她完全无法支撑生活了，这个时候，他的种子结出的果，这个孩子来了，找到了他，说："爸爸，父亲，爹地，我是你的孩子，现在，我妈没钱了，该你管我了。"

孔东想到了这里，眼睛忽然就有些湿润。他觉得施雁翎很刚强，也敢于承担。他决定了，立即给施雁翎打了一个电话："我同意了，就这么办。什么时候去医院？"

施雁翎很高兴："明天啊，就明天去吧，我最近刚好也在排卵期。"然后，她就告诉他医院的地址，他们在那里会合。

孔东打完了这个电话，心里又觉得有点惶恐，觉得自己可能冲动了，不知道今后会发生什么情况。这天晚上，他做了一个梦，梦见有一个妖娆的女子勾引他，她肉滚滚的，不知道怎么就压到了他的身上，使他梦遗了。醒来之后，他感到裆部濡湿一片，有些懊恼，因为天亮之后，他就要去医院去献出自己的精子了，可在这个关键的时候，自己竟然做起了春梦呢。换了短裤，他又睡了一觉，醒来已经是天光大亮了。

他没有吃早饭，因为他无法确定取精是不是要空腹，也是因为没有时间吃了，匆匆洗漱完毕，就赶紧赶到了那家医院。那家医院属于专科医院，专门治疗不孕不育的，而且有港资的背景，在昌平山脚下一个僻静处，非常安静。

施雁翎早就到达那里了，开着她那辆白色的宝马越野车。他停好车，她就在医院的门口等待他。"我比你早来了一个小时。"她有点抱怨，但也松了口气，因为，他毕竟来了，也因为一切的云计算，云柜里面的系统，首要和先决，就在于取精——取他的精子这个开端。他抱歉地耸了耸肩膀。

施雁翎拿着早就挂好的号单,"只有先取好了你的精子,才能取我的卵子。"她告诉他这个程序。

然后,有一个身材窈窕的护士引导他前往诊室,一个戴着口罩的男大夫接待了他,对他进行了检查,告诉他如何取精。大夫递给他一个很精巧的口窄瓶身宽的小瓶子。孔东忽然感到了紧张,为自己昨晚的遗精而导致的取精质量和数量担心,也为未来的无法掌控而担着莫须有的心。然后,护士就带他去了取精室。取精室,这名字听着非常平实、简洁、干脆,明白告诉你这里是干什么的。那是一件很小的屋子,有一张类似火车硬座皮面的窄床,男人可以躺上去,然后将自己的精子撸出来。怎么撸?那就全靠你自己的本事了。比如,意淫,比如,想象,再比如就是简单的生理刺激。

他躺下来,环视四下,发现这里没有提供给他任何辅助工具,比如,电视机上放毛片——有些洗浴中心就有这个。看了那片子,往往是还没有接触到女人,男人就一触即溃,溃不成军了。也没有色情画报——当然都是国外出版的,这些都没有。好吧,那就只好躺下来,依凭想象来进行吧。

就是在这个时候,他的眼前浮现出了施雁翎的脸。这张脸稍微有点浮肿,但并不难看,脸色灰暗,却带有一种凌厉和骨感,甚至有些冷漠和嘲弄的表情。这张脸与施雁翎平时对他的温和和笑意不一样,也许是他内心想象她的原因。他用手撸着自己,感觉自己的男根在增大,又在变小,就是一点都不兴奋,甚至有些抗拒地忽软忽硬,和他捉起了迷藏。撸了半个小时,外面有护士来催了:"先生,好了没有?"

他气喘呼呼地说:"没,没有呢。"

那个护士诧异和失望地嗯了一声,就走了。

就是这护士那失望的感觉,让他彻底失败了,他仿佛看见了那个年轻的,下巴上有一颗漂亮的小黑痣的女孩子失望、暗笑的表情,他立刻就松劲了。手里攥着的，是一团疲软的小肉，完全是败军之士。完了，身体做出了反抗，他真的取精失败了。他穿好了衣服，走了出来，手里拿着空杯子，找到了施雁翎，一脸沮丧地告诉她："没有取出来。"

施雁翎不相信自己的耳朵："你可是一个很雄壮的男人啊。怎么回事？"她看到了那空瓶子里空无一物。

"也许——是昨天晚上梦遗了，导致我——"他不得不说了这个可能。

施雁翎忽然扑哧一笑，"梦遗？孔老师哎，你——又不是少男，还梦遗啊！"她忽然又高兴了，"那你，梦见的是我吗？那个梦中与你做爱的女人是不是我哈？"

孔东尴尬地笑了一下，他觉得不能和她开这个玩笑，也不能说实话。但现在怎么办？这才是关键，他取不出精子，这是现实。

施雁翎就拉着他一起去找那个戴着口罩，有一双漂亮的双眼皮大眼睛的男大夫，告诉他取精失败了。男大夫看着他，"嗯，估计是心理原因。有些人在这里就是不行。不光是你，有不少取精失败的。要不然，过两天再来吧。"

施雁翎着急了："可是，我的排卵期——"

"可以先取你的卵子，冷冻起来，然后他的随时取。技术上没有问题。护士，请带她先去取卵子吧。"

施雁翎靠前一步，小声说："陈大夫，能不能这样，我和他一起到那个取精室里，我帮助他把精子取到？"

陈大夫看了她一眼，在口罩后面哈哈笑了："不行啊，美女。这样医院成了什么地方了？即使你们是夫妻，也不能在我们这里做爱啊。不行的。"

孔东的脸红了。他想到了他和施雁翎进入到那个取精室的情景，那么狭小的房间里，施雁翎只能是背靠着白墙坐在那张狭窄的单人床上，然后脱下裙子,带着挑战的神色看着他,张开自己的大腿。这个时候,他行不行呢?他无法确认自己行不行。看到她那表情,他肯定更不行,估计还是不行。不行就是不行。行也不行。行就是行,不行也能行。可就是不行。不行啊不行。他的脑子里乱作一大团。不过,好在那个大夫杜绝了这样的可能。也是啊,医院又不是快捷酒店,不能让男女在这里随便做爱的。他松了口气。

施雁翎失望了一下,"那,能不能我们回家取精,然后赶紧给你们拿过来呢?"

男大夫又笑了:"可以啊。不过,精子的成活时间是24个小时,取出来就要迅速冷冻。假如在一个小时之内能送到这里,就可以。"

施雁翎说:"那太好了,我们回去取精。还是拿着这个瓶子?"

男大夫给了孔东一个带着盖子的密封试管,"用这个吧。送来的速度一定要快。"

施雁翎拉着他的手,"看你的了,亲爱的。"这时,护士来了,要带她去取卵子。"你在外面等我一会儿。一会儿就完。女人有时候麻烦,有时候很简单。"施雁翎调皮地对他笑了笑,跟着女护士走了。

孔东来到外面,找了一个僻静的座位坐下来。这里有自动按摩椅,也有电视和电脑。电视里,一些年轻的女人正在一个教练的带领下做瑜伽,她们的身体都很柔软、妖娆,颇有吸引力。看着看着,忽然,他感觉自己勃起了,又行了,挡都挡不住。但是他克制住了,因为,他不想二次取精,也不想折腾自己了。停了一阵子,骚动下去了,然后他看见护士引导施雁翎从走廊那边走过来。

"取完了?"孔东问,"不舒服?"

"取完了。"施雁翎的脸色略微有点疲倦,"肯定比你们男的难弄些。

不过，已经取出来冷冻好了。就等你的精子了。"

在停车场，两个人站住，施雁翎调皮地问他："到我家去吧，让我帮助你取精。"

孔东感到害怕，"啊，还是我自己取吧，取出来我就尽快送到这家医院。"

施雁翎用怀疑的眼神看着他："可要尽快啊，保证精子质量。"然后，两个人各自开车回去了。

回到了家里，孔东感觉哪个地方有些不对劲。到了晚上，孔东随手翻出来一本他曾经去北欧旅行时买的情色画报，看着看着，自己就起性了。这一次，他很顺利地取到了自己的精液，直接射到了那个小试管里。灯光下，他仔细地观察着试管里的液体，那半透明的胶质状似乎在上下翻腾，无数小东西在争吵和游泳，在奋力地跳跃，在激烈地变化着，稀释着。这时，时间已经很晚了，此时将这玩意儿送到那家医院，也是很滑稽的事情，他想了想，最后还是将自己这宝贵的液体倒到了马桶里，给冲走了。

3

很多年之后的一天，孔东已经60岁了，刚刚办理了退休手续，他感觉到自己忽然有一种更为放松的感觉了。他有一个比他小十多岁的老婆，还生了两个孩子，一个18岁，一个16岁，都在上中学。家庭幸福美满。夫妻关系和谐顺利。本来，他的人生就这么过下去了，但是很快出现了新情况。

有一天，家里忽然来了一个人，那人是一个美籍小伙子。他一副胜券在握的样子，告诉孔东："是我妈妈施雁翎让我来找你的，因为，我是你的儿子。你是我的爸爸。她说，如果你不承认我是你的儿子，拥有你的财产的继承权，那么，我们可以去做基因检测。假如你还不承认，就要付诸法律了。"

看着眼前这个美国流氓打扮的年轻华人，孔东感到了惊慌失措。他隐约想起来，是有这么回事。那是多年以前，他曾经为一个叫施雁翎的女人提供了自己的精子，去做了一个试管受孕卵，由一个女孩子代孕，生下来一个男孩，就带到了美国，从此，他就再也没有听说过这件事的结果了。施雁翎也从此从他的生活里消失了。但是，现在，他的那个儿子，来了，来到了他的面前，而且摆出了一副他的财产继承人的架势。

孔东问："你的母亲呢，施雁翎，她现在在哪里？"

那个美国小流氓递给他一张照片，照片上的女人他认识，就是施雁翎。"她已经死了，死于一次车祸。她给我留的钱，都让我花光了。在她早就拟好的遗嘱里，她让我在最后没有办法的时候，就来找你，说你是我的爸爸，你肯定会承认这件事。"

孔东汗如雨下，他说："这个，这个——需要——需要……"

那个美国流氓就揪住他的衣领，"需要什么？什么都不需要，需要的就是，你承认我，是，你，的，儿，子！"他一个字一个字地吐出来，不容分辩和解释，那个架势似乎是要杀了他，要他还债，这让孔东魂飞天外。

然后他就醒了。原来是一个噩梦，让他大汗淋漓。他没有想到，他会做这样一个梦。可能他担心的，还是未来的事情。他想起来这件事带给他的复杂性。现在，他不知道怎么办了。到了中午，施雁翎打电话给他："怎么样，你回家取精顺利吗？"

孔东回答："你让我再好好想想，毕竟，这个事情可能比我们预想的要复杂一些。"

施雁翎有点生气："复杂吗？我就是喜欢你，想用你的精子罢了，有什么复杂的？"

孔东说："你让我再好好想想。"

施雁翎说："那我要见你。就今天。"她说话的口气已经变得不容置疑了。

他想了想，"好吧。"

这天晚上，他们一起在一家餐厅吃了晚饭。那是一家叫作"浮士德"的法式餐厅，他们吃了带血的牛排，喝了很好的酒。都是她点的，一道道的正规的法式大餐，从沙拉一直上到了餐后甜点，红酒的颜色也很瑰丽，幽深的暗红类似月经的红色那么暧昧。他们东拉西扯，似乎知道最终他们的关系会导向何方，但却都心照不宣。吃完了饭，打出租车，她带他到了她的家里。在她家里，他看到到处都养着盆栽植物，都是常见的品种，比如绿萝、龙血树、散尾葵等等。还有一面鱼缸镶嵌在墙上，里面有制氧机吐出的泡泡在变化，各种漂亮的鱼吐出的泡泡在漂浮。在一个小巧的鱼缸里，她还养了很多绿毛龟，小小的绿毛龟聚集起来的样子，让孔东感到了恶心。

他们微醺了，就先喝点茶。普洱茶的颜色闪烁着温和的褐色光泽。音乐是催情的，而她将自己的外衣脱去，要给他跳舞看，她过去学过舞蹈。他说好啊，她就跳。穿着那种紧身的衣服，她虽然已经35岁了，可身材却非常的妖娆，因为，她个子高，而且，并不胖。不过，胸很大，这一点其实是孔东不满意的。孔东喜欢平胸，真是一个男人有一个男人的、关于女人的趣味。孔东就不喜欢大胸女。她在跳舞，他在观赏，然后，他们不知道怎么就靠近了，就抱在一起了。两个人香汗淋漓地拥抱着，这个局面导致的结果，当然会是十分清晰的。最后，他们躺在了那张柔软的大床上。可即使在这个时候，她也没有忘记在他插入她体内之前，给他戴上避孕套。然后，他手忙脚乱地忙活了一阵子，精子就这么取到了。

她说："慢点，慢点。"然后，帮助他撸下了那袋透明的胶质避孕套，里面是宝贵的一亿六，还打了一个结。之后，她立即打了一个电话，并穿好了睡衣。

十几分钟之后，门被敲响了，一个小伙子在门外接过了她递给他的一个密封的盒子，里面用冰块冰镇着的，就是她帮助他成功取到的东西，那个透明的、带增大摩擦和快感的疙瘩的、香蕉味儿的避孕套。她嘱咐那个小伙子："赶紧去送给陈大夫。"

门关上了。施雁翎转身，投向那张大床上的孔东的目光，是得意的诡秘，含蓄的轻蔑，和爱恋的怜惜。

以上这个场景，也是孔东想象出来的。事实上，他在这天晚上前去赴约的路上，改变了主意，因为，他想到了这个结果，然后以自己有急事的借口，最终没有赴约。

施雁翎当然很着急，不过，孔东内心里焦虑的，是他无法确定现在他和她到底是什么关系。是恋人？好像还不是。还没有到。是情人关系？也不是。因为他们还没有上床。是合作伙伴？也不是。那是什么关系？是一对彼此有些好感但却有一种互相排斥的力使他们无法以法律和情感关系继续固定前进和发展的男女关系。

孔东发现，这种说法可能是最靠谱的。孔东烦恼的，还在于施雁翎是一种新型的女人，就是不再依靠男人的女人，除了要一点男人的精子之外，男人对于她已经没有用了。这是他过去没有碰到过的。假如她不想要孩子的话，那么，她就更不需要男人了。因为，她经济独立，人格独立，还因为她的云计算。是的，是云计算增强了这个女人的算计功能，让她更会计算了。有了云计算，就有了那个云柜——一个方形的计算机大柜子里，什么都计算好了。就这样一步步地导向了大数据，爱情、婚恋、生育和人生走向的大数据，都被她计算好了。这就是云计算！人生的云计算，都被这个强势的女人计算好了。

他想明白了施雁翎是一个什么样的女人，而他作为一个传统的男人，如今，要面对的是这样的女对手。或者不是对手，是新型的朋友关系，伙伴关系，男女关系。女人变化了，男人还没有怎么变。男人必须要跟上这样的变化才可以适应人类这种高级动物的变化。就是想到了这一层，作为男人的孔东，忽然感到了体内原始的反抗力量。好啊，你不是强势吗？你不是不再需要男人了吗？那我就是不想让你的云计算实现，我就是不配合你。我就是想让你的云柜模式破产，我就是不答应，我就是不让你得逞。因为，人生，说到底是由意外和变化构成的，包括了情感，生育，也是这样的。一切都云计算好了，还有什么意思？男人的脸往哪里搁？想到了这里，孔东就觉得心里有底气了。他决定不配合她了。

这就是他的云计算。孔东多少有些释然了。

那么，到了这里，这个孔东和施雁翎的故事的结局，会向哪个方向发展呢？应该是一种开放的结尾。因为，这个故事本身存在着多种可能性。让我们来一步步地推导：

孔东很可能最终捐精成功，而施雁翎也成功地按照她的"云计算"大数据和云柜系统管理模式，实现了她的精密算计，将受精卵植入了那个迫切需要一笔钱的曹秀云姑娘的子宫里来代孕。孩子 10 个月之后生出来，健康，聪明，是一个儿子，被施雁翎带到了美国，然后，孩子在那里茁壮成长，因为有保姆，以及施雁翎找到的那个可以帮助孩子成长的闺蜜、过气女演员，来帮助抚养孩子成长。到后来，这个事情在孔东和施雁翎的内心里，一点痕迹都没有了，这个事情本身，不过是他们人生的一个小小的插曲罢了。他们的生活沿着两股道,在奋勇前行,再也没有交集了。

但是,在这一种假设中,还有很多细节上的变数。比如,代孕者曹秀云忽然不想代孕了,她取消了合约,退了款,让施雁翎另外再找人,而这个找代孕人的过程又很不顺利,最终,导致这个计划泡汤。

还有,曹秀云最后是代孕了,但她在后来忽然对代孕的孩子产生了母性,她决定要这个孩子,然后,她逃走了,远走高飞了,谁都找不到她了,这就让施雁翎的云计算失算了,彻底砸锅了。孩子变成曹秀云的了。

或者,曹秀云把孩子生下来了,因为孔东的精子质量问题,结果孩子生下来有残障,那么,施雁翎会要吗?她会把孩子送到福利院吗?还有,尽管这种可能性很小,曹秀云难产导致大出血,她和孩子都死了,这怎么算?有没有法律纠纷?谁来承担责任?曹秀云的家庭会怎么找麻烦?代孕的中介人和中介公司负什么责任?

我们继续来推导。孩子假如顺利地生出来了,被带到了美国,然后,在养育过程中不慎早夭了呢?或者上了小学,在一次车祸中严重受伤,成了残疾了呢?或者,最终孩子成长为一个正常的人,在美国社会混得一塌糊涂,那么,多年之后,施雁翎真的破产了,孩子会不会来找孔东,就像他梦见的场景那样呢?

不知道,云计算也许可以都加以计算,但事实只会有一种可能。这种可能有着无数的变数。

这个故事还有另外的结局,那就是,孔东觉得自己最终确认他对施雁翎的好感不足以让他来做这件事,他逐渐地冷却情绪,疏远了施雁翎,直到他们不再联系。几年之后,孔东娶了妻子,生了一对双胞胎,过着另外一种生活。施雁翎最终也不知所终。他们相互之间越走越远,直到完全看不见对方。

再有，孔东后来发现，他非常喜欢施雁翎，两个人在继续的交往中，迸发了爱的激情。两个人决定不采取任何人代孕的方式，而是由他们自己，他和她不采取任何避孕措施来生育一个孩子，因为，他们结婚了，施雁翎决定亲自怀孕，实现了两个人做父母的愿望。因为这是他们的爱情的结晶，孩子生下来也很好，他们最后过着幸福的生活。

你看啊，生活的云计算，会算计出这么多人生的可能性。也许，人生是不能云计算的，因为必然性中的偶然性在不断地改变着人生的曲率，使生活发生了意外的变化，这总是始料未及的，也是生活的真谛所在。

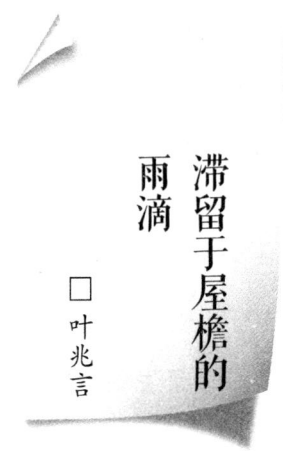

滞留于屋檐的雨滴

□ 叶兆言

1978年12月,首都北京正在召开很重要的三中全会,陆少林的父亲在南京一家医院过世了。对于父亲的离开,陆少林有心理准备,医生跟他谈过。父亲也坦然地说过这事,安慰他,让他不要太难过,让他抓紧时间复习功课,准备再一次参加高考,并祝愿他这次一定会考好。父子间的感情非常好,可以说特别好,陆少林心里难受,流了好几次眼泪,对即将要出现的状况不敢多想,又不能不想。该发生的事终于发生,父亲进入弥留状态,他紧紧捏着父亲的手,渐渐意识它像黑色的冰块一样,越来越凉越来越黑暗。为什么父亲的手会像黑色冰块,他一时想不明白,这念头在脑海里一闪而过。护士们正在忙乱,母亲和姐姐在帮死者换衣服,然后往太平间里送。

谁也没有号啕大哭,母亲没有,姐姐没有,陆少林也没有。母亲与父亲的关系不是很融洽，姐姐和父亲的关系也不是很融洽，陆少林心里悲伤，非常想哇啦啦哭上一场，母亲和姐姐的冷漠，让他感到为难，只能一边推车，一边静静地流眼泪。太平间管理员显然习惯这样的场面，从一大串钥匙中，找到那把打开太平间的钥匙，将铁门打开，让他们把放着父亲尸体的推车推进去，说搁在墙角就行，接下来填写单子，约好送火葬场时间，什么规格，花多少钱，怎么样怎么样，所有这一切都是陆少林母亲在操办。

父亲去世那天，是陆少林一生中最伤心的一天。这一天，不仅父亲永远离开了，晚上的家庭谈话中，母亲当着姐姐面，说出一个非常惊人消息。她十分平静，告诉陆少林姐弟，这个刚死去的男人，并不是陆少林的亲生父亲。再也没有什么消息，比这更能打击人，更能折磨人，二十岁的陆少林看着目瞪口呆的姐姐，仿佛让人用生硬的木棍在脑袋上狠狠砸了一下。

姐姐木木地看着母亲，有些想不明白，父亲生前明显偏爱陆少林，她觉得姐弟两人之中，如果有一个不是亲生的，也应该是她。

过去一年中，停止多年的高考恢复了，陆少林参加过两次高考，都失利了。第一次是77级考试，进入了复试，没取。第二次是78级考试，差三分，又没取。说起来很巧，两次考试我都参加了，我们一起报名，一起复习，又走进同一个考场。

陆少林住的地方离我家不远，我们都不是应届生，高考恢复，我已经当了四年工人。他跟我同一届，是一家小饭馆的服务员。我们关系变得密切，与准备参加高考有很大关系，在同一所夜校复习，找了相同的辅导老师，背一样的复习材料。当然也还有一个原因，他母亲与我母亲是同事，虽然不在家属大院住，经常会到这里来玩。

陆少林父亲逝世不久，我们有过一次难忘的谈话。记得是放寒假前夕，剩下最后一门马克思主义哲学还没考，他突然到学校来找我，告诉我父亲去世了，心里很不痛快，很忧伤，非常想找个人聊聊，说说话。我告诉他明天还有一门考试，他看我有些为难，便不说话。我不忍心，也不好意思，说你既然来了，那就聊聊吧，反正考试都是临时抱佛脚，老师蒙我们，我们再蒙老师，大家都不知道自己在说什么。

陆少林说，其实也没多少话要说，只是想告诉你，我爸爸死了。

隔了很多年，都不能忘了他说这话时的表情，显得很冷淡，一点都不悲伤。不明白为什么要专门跑来跟我说这个，我们坐在学校的某个角落，他从口袋里摸出一包香烟，明知道我不抽烟，递了一根给我，自己再取一根，然后大家一起抽，什么话也不说。很快烟抽完了，他说你去复习功课吧，我们以后再聊。嘴上这么说，还是聊了一个多小时。这一个多小时，我略有些心不在焉，忘不了明天还要考马哲。对于他的谈话，能记住的无非一些要点，他告诉我，过去一直不知道，直到父亲死了，母亲才告诉他，这个男人与他根本没有血缘关系。

陆少林告诉我，父亲死了，两件事让他耿耿于怀。一是小时候尿床，母亲和姐姐讥笑他，威胁要告诉老师，要让所有同学都知道。陆少林说他非常担心，觉得太丢人，一想到就害怕，晚上不敢睡觉，怕睡着了又尿床。为他解开心病的是父亲，他告诉陆少林尿床根本不算什么事，说你姐姐也尿过床，你妈妈有没有不知道，反正爸爸小时候不仅尿床，还在床上拉过屎呢。陆少林说他听到这么说，立刻释怀了。

第二件事耿耿于怀，到了青春期，陆少林开始梦遗。他不知道该怎么办，跟当初尿床一样，很害怕，很难为情。母亲知道了，第一时间告诉姐姐，母女俩一阵讥笑，说不学好，说不要脸。说你以后还这样，自己去洗短裤，脏死了，没人会帮你洗。姐姐比他大五岁，印象中，除了欺负他，没什么可圈可点。陆少林再碰到这样的事，偷偷把短裤洗了，再把湿短裤穿身上焐干。他不知道所有男孩都会这样，终于有一天，父亲告诉他梦遗比尿床更常见，说过去的男孩子，比他再大一点，都可以娶媳妇了。

说老实话，不明白陆少林为什么要跑来诉说这些。他自顾自说着，重重地叹一口气，沉默了一会儿，说本来准备在我面前大哭一场，现在突然不想哭了，心里有些话，说出来，也就痛快了。看不出他有什么痛快，我看到的只是他的悲哀，是他所经历的双重打击。一个这么好的父亲不在了，这个人还不是他的亲生父亲。第二天考马哲，我情不自禁地会走神，总是想起陆少林，想起他说过的话。戴着老花镜的监考老师十分仁慈，从头到尾都在看报纸，说是闭卷考试，遇上答不出来的题目，大家也就不客气，悄悄把书拿出来，互相讨论和转告，应该抄哪一段。

陆少林又考了一次大学，还是没考上。他有些绝望，不明白为什么总是考不上。确实冤枉，当初一起复习，他成绩一向都比我好，尤其是数学。文章也写得漂亮，在夜校上补习班，他的命题作文不止一次被辅导老师拿出来当作范文。

又过一年，他成了电大学生。因为不脱产，还得上班，觉得这个电大生没意思，干脆不想毕业，没拿到文凭。那年头，年轻人除了考上大学，很少换工作。陆少林在一家集体所有制的小饭馆当厨师，突然开始对书法产生兴趣，天天临字帖，迷上了制作砚台，弄了一些石头，自己加工。有一段时间，常到我所在的学校来蹭课，旁听古代文学史和古汉语。说句老实话，他的古典文学和古汉语水平比我高出许多。

有机会便在一起聊天，他最喜欢说父亲的故事。陆少林告诉我，养父死了以后，他一直在想，为什么这个人会对自己那么好。印象中，姐姐总在抱怨父亲重男轻女，姐弟感情不好，很重要一个原因，是姐姐觉得父亲偏心。陆少林的养父是一所中专学校老师，教什么也不清楚，反正是与无线电发报机有点关系。文化大革命中被打成国民党特务，造反派在一张穿国民党军服的集体照上，看到了他。陆少林告诉我，他确实参加过国民党。

陆少林的养父也曾经是名解放军，参加过抗美援朝，加入了共产党，受过伤，他家墙上挂着一张他穿志愿军军服的照片。对于这个父亲，陆少林有很多不能明白的地方，为什么不太喜欢自己的亲生女儿，为什么会原谅妻子的出轨。最后只能得出一个比较荒唐的结论，就是他对陆少林好，只是为了讨好母亲。

"你不知道他对我母亲有多好，那种好，你真的没办法想象。"

一说起养父对母亲的好，对她的百依百顺，陆少林忍不住唉声叹气。小时候，母亲的一位朋友老梁，经常到他家来串门，有一次，无意中撞见母亲与老梁搂抱在一起。一时间也不知道是怎么回事，母亲大声呵斥，让他到外面去玩，让他赶快出去。陆少林不明白她为什么会那么生气，不明白为什么只要养父不在家，这个叫老梁的男人就会过来。有时候养父在家，那个男人也会来，大家有说有笑，一团和气。

陆少林小时候曾听人背后议论，说养父真是好性子，气量也太大，绿帽子一顶又一顶戴，都能够凑成一个班。因为是小孩子，不知道什么叫绿帽子。养父死了以后，有一段时间，一直觉得老梁就是他的生身父亲。对着镜子琢磨，越看，也觉得自己像老梁。姐姐出嫁后，与母亲越来越不融洽，与弟弟关系反而有很大改善。过去并不知道与弟弟同母异父，对父亲始终有怨恨，父亲不在了，她觉得自己很同情父亲，觉得父亲挺无私的。

姐姐结婚不久，又有了一段新恋情，闹得风风雨雨，声名狼藉，最后不了了之。她跟弟弟检讨，说自己性格有问题，女儿像妈，坏毛病可以遗传，她真是对不住陆少林的姐夫。陆少林借此机会打听，问还记不记得那个叫老梁的男人，姐姐便笑，说我怎么会不记得，我太记得了。

"这个人会不会是我的亲爹呢？"

"当然不是。"

"你怎么知道当然不是？"

姐姐告诉他，父亲死后，有个男人来过，就是陆少林的生身父亲。提出来要见一见陆少林，结果母亲一顿臭骂，把他赶走了。陆少林听了很激动，连忙问那男人长什么模样，现在什么地方。姐姐说她也只是匆匆看了一眼，当时并不知道是谁，这个人离开，才听母亲嘀咕了几句，好像是在新疆什么地方，年纪也不小了，五官跟陆少林很像，个子看上去蛮高的，似乎要比他还高一些。

陆少林找了个机会，直截了当询问母亲，问自己生身父亲的情况。母亲大怒，说我这辈子最记恨两个男人，一个是你这爸，明知道你不是他亲生的，非还要做出不在乎的样子，你以为他是真对你好，狗屁，他为什么要对你好，无非是想让我难堪，让我觉得亏欠他，让我抬不起头来。母亲最恨的另一个男人，是陆少林的生身父亲，她说这个没良心的狗东西，只要我还剩一口气，他别想见到你，你也不许找他，绝对不允许，如果敢去找他，我立刻就死给你看，我立刻找一根绳子吊死，你信不信。

陆少林后来与一位女同事好上了，这个女人比他大好几岁。刚知道这消息，我也有些吃惊，因为在他干活的小饭馆见过。是个端盘子的女服务员，眼睛细细的，看起人来，总会让你觉得她是在琢磨什么事，好像你们过去就认识一样。皮肤很白，个子不高，已经结了婚，有一儿一女。

陆少林也不回避与她的关系，问他是来真的，还是闹着玩。他的回答是无所谓，真也行，假也可以，完全看对方态度。他的所作所为完全是被动的，全看女方心情，女方说要离婚跟他，他说行，那你就离吧。女方又改口，说我们的事还是就这样吧，我不想离了，大家混一天是一天。陆少林说，好吧，那就混一天是一天。女的很生气，跟他吵跟他闹，结果分了合，合了又分，分分合合，始终藕断丝连。

那段日子，陆少林住的地方离我很近，一处沿街的老房子。我经常去聊天，有时候，那女的也在。房间不大，一张小钢丝床，一张很大的工作台，拉了几根细绳子，上面荡着很多木头夹子，用来挂他写的篆字。他迷上了刻图章，喜欢在砚台上刻字，那些字都很难认。桌上一本《说文解字》还是跟我借的，借了也不还了。就是那段时间，那女人离婚了，他们同居过一段日子，十分平静地分手。陆少林告诉我，她爷爷新中国成立前去了台湾，后来又去美国，是个有身份地位的人物，多少年没联系，改革开放，重新接上头。老人家说走就走了，留下一大笔遗产，大家分。

和陆少林一起聊天，还是喜欢谈他养父。他觉得他应该写篇小说，说这个人看上去没什么故事，其实全是故事。他说的那些细节，举的那些例子，别人眼里也许稀松平常，可是在他看来，都有着特殊意义。说着说着，眼泪流了下来，说自己挺对不住他，说他若在，看见现在这样，看见儿子这么不争气，肯定会很伤心。陆少林说养父生前的最大愿望，就是希望儿子能考上大学。如果养父还在，就算是为了他，陆少林也一定会考上大学。

"我知道上大学不是什么事，不过为了他，我肯定要上大学。"

陆少林工作的小饭馆因为沿街，要拆迁，说拆就拆了，他成为最早下岗的一批职工。形势发展谁都想象不到，下岗就是失业，陆少林觉得上不上大学不是什么事，没想到还真不一样。一纸大学文凭本来是块遮羞布，不知道却成了一道护身符。这以后，陆少林开过小馆子，干过保安，当过营业员,没一项活儿做得长久。再后来,隐身在郊区的一间空厂房里,专心制作砚台。

我案头的一块砚台,就是陆少林做的,石料和刻工非常讲究。好东西需要遇到懂行的专家,有一天,一位著名书法家到我家做客,看见那方砚台,爱不释手,说自己收藏了许多名贵的砚台,我的这一块十分了得,非常了不起。一定要拜访陆少林,于是就带着他去了,见面以后,用一个很难让人拒绝的价格,跟陆少林订了十块砚台。现在的书法家都太有钱,钱对他们根本不是什么事。

藏身在偏僻郊区的陆少林,成了一位隐士。他在保姆市场找了个安徽妇女,照顾自己生活。也是小眼睛,白皮肤,陆少林说他就喜欢眼睛小皮肤白的女人,看着顺眼,看着很含蓄。他住的地方有些简陋,养了一条草狗,一个小车间,堆了许多石料,到处都是粉尘。说起来手工制作砚台,还是得用机器,真要干活,噪声非常大。

当年的那位相好去找过陆少林,她又结婚了,与一个做生意的大老板走到一起。现在钱更多,是个标准富婆,在他那盘桓了半个月,旧梦重温。陆少林与她说笑话,问自己雇的这位安徽保姆,是不是跟她有几分相像。话让人很不高兴,怎么能拿她与一个来自乡下的保姆相比呢。陆少林后来说起这事很得意,两个女人为了他争风吃醋,都在背后说对方不是,非常有趣,很好玩。你看不上安徽保姆,人家安徽保姆也看不上你,说她卸了妆,难看死了,像个老妖婆。

陆少林后来又送了一方砚台给我,当初领着著名书法家去见他,人家看中这块砚台,出很高的价,他都没肯卖。我不好意思接受,陆少林说这砚台没你想得那么值钱,你就算是代我保管吧。他已经不再做砚台,根本没人愿意买,识货的人实在太少,靠做这玩意儿维持不了生活。郊区也在大拆迁,小车间已不复存在,一个台湾人用非常低廉的白菜价,将他这些年来制作的砚台全部打包收购。他如今是在停车场上班,做夜班,陆少林告诉我,自己更喜欢做夜班。夜深人静,停车场的小汽车一辆辆躺在那儿,仿佛一口口棺材,尤其是那些黑色的高档轿车更像。让人感到哭笑不得的是陆少林竟然提出要拜我为师,说自己正在考虑是否要学习写小说。

陆少林说:"我想来想去,还是想把父亲的故事写出来。"

不知道他说的是哪个父亲,是养父,还是从未见过面的生父。陆少林经常提起他们,最初是养父多一些,后来说得更多的生身父亲。往事如烟,父爱如山,虚虚实实的幻想,真真假假的梦境,当然都只是随口说说,从来也没真正地动过笔。母亲快死了,临终前,陆少林又一次追问,她说早跟你说过,死也不会告诉你的,现在都要咽气了,你以为我会改变主意,你就不要做梦吧。

陆少林的母亲叫吕慕贞,她死了,寻找生父的希望更加渺茫。做砚台的那些年,陆少林去过很多次新疆,一方面,为了找可加工的石料,另一方面,也是希望能有生父的消息。当然是没有一点消息,不可能有消息。排空驭气奔如电,升天入地求之遍,为了能够获得生父的线索,陆少林做过许多努力,他曾设想在新疆的报纸上登一则广告,上面写着"吕慕贞的儿子寻找生身父亲",除了能提供母亲的名字,他想不出还有什么有价值的信息。陆少林幻想自己在新疆出了车祸,确实也有过一次相当危险的翻车,他的生父见到报道,专程赶来跟他见面。或者是得了某种不治之症,生父获得消息立刻赶过来,自己早已离开人世。陆少林很认真地跟我讨论,能不能将他寻父的故事发表在《读者》上面,因为知道这是一份发行量非常大的刊物。

陆少林甚至跟我描述过这样一个虚拟场景，他离开了人世，怎么离开不重要，反正是死了，命丧黄泉。他的生父千里迢迢赶来南京，约我在一家茶馆见面，向我表达了此生未能见到儿子的遗憾。他让我说说那个从未见过面的儿子，说说儿子生前的故事，说说儿子的养父，说说儿子的母亲，说说儿子对生父的思念。茶馆外面下着雨，下下停停，一会儿大一会儿小，屋檐上滞留着雨滴。陆少林的生父白发苍苍，俯首侧耳倾听，突然老泪纵横，哽咽着，一句话也说不出来。

　　许多乐器，不在尘世演奏已久。不明白陆少林为什么要在这虚拟场景中，让我去扮演这样一个角色。为什么那些故人故事，临了还要让我来为他叙说。

　　陆少林不是小说家，他不写小说。

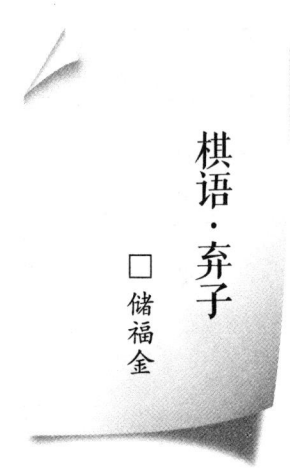

棋语·弃子

□ 储福金

弃子争先。

棋手行棋，往往有各自的特点。杨最得的特点便是弃子，几个子，在一个角上，本咬得很紧，争得不可开交，突然他就放弃了，另在外围占据大场。

宁弃一子，不失一先。杨最得平常不怎么喜欢说话，下棋的时候，更是抿紧着嘴，难得说的，便是这一句话。

你是宁失一子（指），不失一城吧。接话的，人称小剃刀，这家伙口无遮拦，不管不顾地总挑别人隐痛说话。他说的"子"是"指"。

杨最得不抬头，似乎心思还在棋局上，他捏棋子的手有点抖动，那里明显少了一指，是小指。缺少的指头的根处结了一个肉疙瘩，微微地隆起着。

杨最得那一代人，中学毕业时只有去插队，上山下乡。城里的学生下乡，与土生土长的乡村孩子不一样，生理与心理都难适应，感觉成了被城市抛弃的"插子"。

江北农村的工分不高，一个工也就一两毛钱，就是做菡河泥等重活，记一个半工，算来也就两毛多钱。有知青挖锹时，锹柄顶断了外衣上的一颗有机玻璃的衣扣，便叹一天工白干了。

一到农闲之季，知青便陆续回城。农闲时的活儿工分少，还是在数九寒天里。知青点的棚屋里常常只有杨最得一个人出进。

一年到头，交了公粮后，队里结算，工分折了钱，粮草分到户。知青都要家里寄钱来分粮草的，只有杨最得除了分得粮草外，还能拿到一点钱。他已经学会所有的农活，不管难活巧活，都能与村里的农人一比高下。

知青同伴笑说杨最得分的钱，也就够两次回城的路费。一到要回城的日子，知青就都在讲逃票的经验。在农村几年后，知青不再有刚下乡时的激情，不少知青回了城，躲在城里不下来，在农村的知青也想着办法找门路逃离。

那一年元旦过后，农人都忙着过年前的准备。杨最得还没回城去，村上有看场等杂活，队长让他去干，杨最得独自干活，倒也清静。村里人议论他是不是家里有情况，从没有人听他说起过他的父亲，只听他说到过自己年龄大了，成人了，不好再拿母亲的钱。

临到春节前几天，有一个边疆农场的知青尚春生来访杨最得，那时的长途火车票能四日内有效，尚春生回城时中途下车到知青点来，与杨最得在棚屋里下了两天的棋，晚上还点着油灯夜战。两人只是黄昏的时候一起出棚屋，在渠埂上走一会儿，村上的人难得地看到杨最得脸上显

061

露的神采。

尚春生是杨最得在城里棋摊上结识的棋友，尚春生给人的印象是他说话口气大，动不动便是拿破仑怎么做的，苏格拉底怎么说的。杨最得喜欢看文艺书，与尚春生多次接触后，清楚尚春生杂书看得多，知识广博，在城里便常与尚春生聊聊，总是尚春生谈天说地，海阔天空，凡杨最得有一个观点，便被尚春生引经据典批得一塌糊涂，如棋盘上的一颗弃子。杨最得不擅争辩，只是眼睁睁地看着尚春生，不过在内心里，那个观点并没改变。他们上山下乡后还常有联系，尚春生还未到时，杨最得去集上买了肉，做着迎客的准备。为此，他把回城的路费都花了。

散步的时候，杨最得向尚春生介绍江北乡村的农田与农活，不免有点兴奋地称自己不输农人。

尚春生双手笼在袖里，头仰着天，脸上似笑非笑地听着，开口啧啧了两声：这江南的气息就是那么的俏，积着几千年的水灵。

那年立春早，临近春节，细雨过后，旷野间空气湿润。

杨最得有心情，跟着说一句：融着几千年的汗水和泪水。

你倒有些悲情的文艺感觉。

尚春生突然扭脸来问杨最得：你觉得那些农活真有多少技术性吗？

接着问他：你喜欢这些活儿吗？

随后又问他：你能够凭你的表现，被招工或者推荐上大学吗？

尚春生走了，杨最得独自在棚屋里过了一个春节。他复盘着与尚春生的一局棋，那一局棋的弃子转换，其实不用摆棋，在他的心里是清清楚楚的。他捏着棋子，慢慢地摆到塑料棋盘上去。有时，他久久地看着捏棋子的手指，他的手指本来是细长的，童年时曾有人说他适宜弹琴，现在老茧使手指显得粗厚。他手指上的肤色原是白净的，而今与乡村人一般黝黑。

那一年春节以后，有几个知青没有回来，就是回来一两个，过几天又走了，听说被招工了。杨最得插队的年份长了，没有知青比他在乡村做得更踏实，但他心里明白，那些机会轮不到他。

夏收时，杨最得下田割麦，他总是割得快，在田垄的前面。也许有人会比他割得快，但大家习惯了干多干少一个样，犯不着赶在前面。杨最得一垄快到头时，后面人正弯腰割着，突然听一声短促的叫，仿佛是非人类的，又仿佛从天上落下来的。大家不免都伸直身子，只见杨最得站在了田埂上，像是站得很高，他的双手举得更高，一只手掩在另一个手上，而手的上面更举着一根手指。那手指仿佛从另一只手上拔下来的，手指下还夹着一把磨得亮亮的镰刀。从来没见过那么亮的镰刀，闪着银光的刀锋，往下滴着红红的鲜血。

杨最得很快被送到了公社卫生院，接着又送到了县医院，最后便回到他的南城去了。这期间只有数天时间，只见他还像往常一样镇静，去医院没忘了带上他的铺盖用具，去了以后再没有音信。直到最后，村里人才听说，杨最得因为伤残病退回了城，不再是插队的知青了。

杨最得病退后没多长时间，知青政策便有变化，所有的知青都返回了城市。

杨最得进了厂。回城分配进了一家工艺品工厂，属小集体企业。那时的企业有三种：大集体企业，小集体企业，还有国营企业。同城待遇不同，但也差不了太多。

杨最得分去刻纸。这家街道办的工厂，从事的工艺品的品种还不少，有木雕、竹雕、玉雕等等。刻纸一项，是市长来厂参观时提议的。市长从地区调来，就推荐了那个地区的刻纸艺术。

刻纸是小项目，只有一位师傅带几位徒弟。杨最得进厂当初，刻纸这项还算厂里效益好的，那时大家钱少，几分钱一张的刻纸，看着喜庆，买就买了。师傅黄敬中，是这项工艺的传承人，刻纸在他手上扩大了影响。他从地区调来，收的几个徒弟都是女的，收杨最得显然不是他情愿，杨最得也非本意，毕竟木雕竹雕玉雕更具技术性。厂领导的分配理由便是杨最得有残疾，须照顾轻工种。

刻纸从剪纸发展而来，剪纸全凭手上功夫，一次只能剪一张。刻纸按图案刻，一次可以刻好几张。图案由黄师傅画出来，交与几位徒弟刻。黄师傅年逾五十，下巴处留一撮须，平时总好说些民间的玩笑，那个时代，说的黄色笑话也并不太出格。黄师傅更拿手的是，他能把所有的话，都引到有关女人的玩笑上。也许情色的话充满欲望的力量，黄师傅的图案设计带着粗俗而饱满的形态，无论是将相神佛，还是飞鸟禽兽都显着鲜活的动姿。

说是师徒，黄师傅只由杨最得自己去刻纸，不像对那几个女徒弟，就近身子握着她们的手教她们刻，想想也对，握着个从农村出来的粗手有什么意思。倒是杨最得师傅师傅地叫，仿佛刻刀下真有多少技术似的，还常在师傅家里出进，帮着搬煤拎水，似乎想求得什么真本事。

黄师傅多少也会教他一下，往往只是随嘴说一句，说得最多的是：心里要有。

杨最得心中浮着黄师傅刻纸的形象，一刀一刀刻成图案，自觉刀顺心意，已大致不差。黄师傅看了，下巴那撮须翘翘的，好一会儿才说：我看来看去怎么是一副苦相。

杨最得细细看自己的刻纸，并没看出什么名堂来，再把黄师傅的刻纸拿来比较，这就发现图案已有形似，只是黄师傅的刻纸，哪怕是几刀刻成的一条蛇一只鼠，都活泼泼地让人感觉喜庆，而他自己的刻纸，不管是肥肥的猪还是胖胖的娃，看久了，都显蔫蔫地含着悲愁。

他用薄纸，按黄师傅的刻纸描摹了，再刻出来，再细看看，似乎他的刀下莫名其妙地生了变化，就那么偏了一点，又呈现黄师傅所说的苦相来。

杨最得认为这是他功夫不到家的缘故。他总坐在墙角的一个刻案边，不声不响地刻着。他有的是耐心，坐得稳，也坐得住，那是下棋下出来的。有时站着，便是在看师傅案前的画册，那时的画册上还多是宣传性的表现。休息日，他还会去美术馆与博物馆看展览，往往会在名画名作前久久地凝视。

慢慢地，如同在乡村一般，杨最得在工艺厂里工作量是排前的，成了家的几个女徒弟，心念小家，往往会把任务丢给杨最得做。杨最得并不计较，他把刀磨细了，一次刻好几张，哪一张刻偏了，他都会揉一团丢弃了，重刻。

他的刀工已有火候，刀下要直就直，要圆就圆，只是整体形象，细看了依然有点"苦相"，不比黄师傅，就算是其他女徒弟，她们刻出的线条还会有点歪扭，但形象的神气上还不失欢快。当然，这对刻纸的买家来说，无关紧要，谁又会对着一张刻纸看半天呢。

改革启动，外面活了，有两个女徒弟调出去了。还有一个带孩子的女徒弟，三天两头递交病假条。黄师傅已到退休年龄，厂里没放他退休，但他自由了，也不常来。有时为参加展览，拿来一张新图案，让杨最得刻。有时会丢下一个想法，让杨最得去寻思构图，再用刻纸形式表现。

杨最得有的是时间，厂里的任务少了，社会大趋势是向钱看，毕竟刻纸来钱太少。

杨最得结了婚。妻子是他棋友刘进取的妹妹。杨最得与刘进取住在一条巷子，巷头巷尾。他在乡村时，年节回城常去刘进取家下棋。刘进取家中成分高，不会计较他是个"插子"。

　　刘怡美生得与一般姑娘不同，主要是皮肤，肤色是纯粹的黄种人，黄中偏黑；脸上眼睛细小，瘦瘦的总也长不胖，皮肤像是裹紧着骨头。暮一看去，会觉得不好看，看多了，也就顺眼了。杨最得以前每次从乡下回城，见刘怡美第一面时，总会有难看的意识，在一起说说聊聊，她的一颦一笑，便有亲近感。

　　杨最得回城时年近三十，刘怡美年龄不小，因长相还未有男朋友，她对杨最得说：你真能稳得住，你是个稳得住的男人。她哥哥刘进取是不稳的，杨最得去他家找他下棋，他常不在，也不知他去了哪儿。于是，杨最得便和他的妹妹聊天，这么一聊一聊便聊出了感情。

　　刘怡美高中毕业时，哥哥刘进取已去淮北插队，她父母身边无其他子女，按政策她留城工作，分配去当了环卫工。

　　刘怡美和杨最得在一起，最喜欢听杨最得讲故事，都是杨最得从书上看来，就因为这，杨最得多看很多文艺书。杨最得不喜欢说话，只有给刘怡美讲故事，才会说那么多，并说得很顺溜。杨最得的故事说到动情处，刘怡美便泪眼汪汪的，这时候，杨最得发现，刘怡美长得好看。杨最得忍不住伸手去帮她拭泪，一接触她的皮肤，感觉是那么的细滑，那感觉直透内心。

　　杨最得与刘怡美结婚后，刘怡美不想再去环卫所上班，请了长假准备考大学。刘怡美没了工资，靠杨最得一个人的收入，家中生活有点紧，杨最得总是对刘怡美说，比起农村来，现在的日子不知要好到哪儿去了。刘怡美可能会认为他说的是安慰话，杨最得确是说的实在话。

刘怡美考了几年，都没考上大学，却还是有所得，怀孕生了孩子。

添了人口，杨最得尽量加班挣奖金，他刀下的刻纸翻出花样来，原来只有黄师傅能做的，他已经完全掌握，他毕竟看过不少书，文化素养不低，化到刻纸功夫中，图案好看而通俗，传统遗产便有了新的气象。

生了孩子的刘怡美，一点没有长胖，皮肤紧紧，细腻柔滑。杨最得的生活虽然忙乱，但他是下过乡的，什么家务都会做，晚上妻儿一起靠在他的怀里，那段日子是他最满意的人生，有称心的妻子与孩子，而他的刻纸也受称赞，销量大了。

孩子送入幼儿园，刘怡美的大学又没考上，想要回环卫所去工作。那几年社会变化也大，出身论的一页翻过去了，海外关系不再是负担。此时刘怡美有个国外亲戚回国探亲，鼓励她出国去，在国外读书和打工。亲戚走后还不断联系，说她的堂叔会提供她在国外学习与生活的资金。

晚上，刘怡美靠在杨最得怀里，谈到了出国的事，说要到国外生活，吓也要吓死了，没有你的照应，我还不知怎么生活呢。

隔了些天，刘怡美再谈到要回环卫所去，摇着头，眼泪就下来了，说想看看外国，以后还可以带你们出去看看。

后来刘怡美就出了国，杨最得独自带着孩子生活。有时，他抚着孩子，想他母亲去国外也算是插队，自己过去是下乡土插队，而她是出国洋插队，肯定也会有许多不习惯，也会有许多不方便。有时，他搂着孩子，代儿子想着，他是一个被母亲丢弃了的孩子，心里不免有着悲哀，游移着某种莫名的预感。

妻子在国外的那几年，杨最得很少出来下棋，就是出来，总见他抱着孩子，指着盘面给孩子看，好像在教孩子下棋。围棋确实要从幼儿起学，早教有根，童子功嘛，以后就丢不掉了。孩子两三岁时长得瘦小。别人见了，便会想到杨最得一个人怎么带的孩子？杨最得倒没这种感觉，反正女人在家的时候，孩子也多是他带的。

抱着孩子，杨最得有柔柔绵绵之感，他会长时间凝视着孩子，漫无边际地与孩子对话：

你以后会做什么？

下棋。

没人和你下怎么办？

我自己下。

自己下不好玩。

爸爸就是自己下。

有那么两年，爱约棋局的北巷小王，也不来邀杨最得。杨最得知道，人家认为他带着孩子不方便。有时他棋瘾上来，抱着孩子到刘进取家，和刘进取下一盘，孩子由外婆带着。刘进取本来的棋力与他相仿，如今却总会输给他。刘进取棋上的杀力显然不够了，而杨最得觉得自己的棋力长了，是不是独自下棋，反而有所悟获？

杨最得已经习惯了带孩子的生活。孩子上小学的时候，妻子来电话会谈到让他去国外的事，他没有应话。她还要靠打工上学呢，他一个有点伤残又不懂外语的，怎么在国外生活？让她养他和孩子，他难以想象。

想着妻子大学快毕业了，该回国了吧。这就接到了刘怡美的电话，说她在那里找到了工作，她话音激动，是兴奋还是哀伤，他听不出来。后来他听到她哭了，说她无法一个人在外国生活，但也无法再回国，你要是不来，就把孩子给我吧。

杨最得一下子就理解了她的意思，她是想与他分手了，而且想把孩子带到外国去。也许杨最得早有感觉。

在进行离婚期间，刘怡美的电话打多了，杨最得知道她在外读书是挂名，只是在酒店打工。有一个叫克瑞的年轻外国男人喜欢她，一直围着她转。她对杨最得说，她在国内从小便被人家说丑，但到了国外却被赞为东方美人。酒店另一位中国姑娘常艳，大眼睛白皮肤，在国内可能会称作漂亮的女人，但在国外根本没有男人在意，因为她再白也白不过白人，白人还要做太阳浴晒黑呢。而外国人都是大眼睛，小眼睛物以稀为贵。克瑞特别赞赏她的皮肤，说抚上去如中国丝绸。

杨最得和刘怡美离了婚，他把孩子领到她的身边时，又代孩子悲哀，他被父亲丢弃了。

杨最得同意孩子给刘怡美的原因是他下岗了。工艺厂给厂长承包了，被认为不赚钱的刻纸，被厂里舍弃了。那个叫克瑞的外国男人条件不错，刘怡美跟着那个男人自然过得好，杨最得也明白，孩子随母亲，前程也比随父亲要好，他当然要为孩子考虑。一切都是他心甘情愿的，没有什么可怨天尤人的。

杨最得天天出去下棋，似乎从来没有这么轻松过，什么也不管，什么都忘了，一头扎在棋局中。一个人的生活，形如一颗弃子。回到家中，看着空落落的屋里，心境恍恍惚惚。

他在襄园下棋，每一盘棋下得认真。有人问他，为什么不同妻儿到国外去？杨最得说：国外去？有棋下吗？

便有人接口说：你是宁弃一子，争当老板。

杨最得头没抬，便知插嘴的是小剃刀。他的心颤了一下，却依然默不作声。离婚时，刘怡美确实给了他一笔钱，他也理解刘怡美的感受，就拿了。虽然对国外来说，这笔钱不算什么，但外币的差价很大，国外不到半个月的工资，就让他成为一个"万元户"了。

一恍惚中，他只是坐在家里的床上。似乎那下棋的情景只是自己的想象，小剃刀总在家门口棋摊上，很少去襄园的，但那情景却又是那么真实。

原来同厂的两位与承包者不和的干部，计划重开一家工艺厂，知道杨最得有这一笔钱，就来邀他投资参股当股东，杨最得也就成了合伙人。杨最得提出的一个投资条件，不是做老板，而是保留他的刻纸项目。他清楚自己没有管理才能，擅长的是刻纸。多年在刻纸这一行，他渐渐地喜欢在纸上一刀一刀刻出各种形象来。

新厂开了，杨最得依然每天上班，做他一个人的刻纸工，厂里的经营大事，他从来不问，就是发给他的资金赢亏表，他也不看。说实在的，那些数字来往，他也看不懂。

有订单时，他刻纸，没有订单时，他一样刻纸。不管做多做少，不管做好做坏，但他依然认真，从不迟到早退。他的存在，让厂里销售窗口多着一个项目。

偶尔去厂长处，厂长向外来办事的客人介绍他是合资股东，客人便称他杨老板。他心里清楚，他根本不是什么老板，但他是拿红利的，不再是一个月一个月领工资。

那些年，社会变化越来越大，工艺厂发展了，规模扩大，砌了高大气派的厂房。厂长们赚了很多的钱，有了车有了大房子。杨最得还是骑自行车上班，还在旧平房里刻纸。

虽然杨最得是最早的合资者，但他投的钱并不多，他那点资金与其他几位经营者比起来，已经不算什么。但没人会这么想，因为他拿的那点红利也根本算不上什么。独自出进，没有人在意他。他缩在旧厂房的一角，不声不响，就如一颗弃子。

　　杨最得上班下班，闲来下一盘棋，不图先后，不争高低。逢到机会，也联系一点业务，联系不到，便刻自己想刻的构图，一切顺意，倒也自在。刻好了的东西，自己拿去放到前面销售部的橱窗里，不管卖得了卖不了，毕竟还是好看的。

　　中年以后的人生，过得快，一下子就过去了若干年，回忆起来，什么也没有留下，似乎只是一个个相同的过程，就像一盘盘棋局，下的时候，每步都有意思，有陷阱，有争夺，有忖度心境，有虚弃实攻，棋一撸掉，就是空空。儿子在国外已经成家立户，回来过一两次，与父亲有点生疏了。杨最得不变的是每天刻纸。为顺应社会以经济为中心，厂里把刻纸包装成社会公关的礼品，刻纸一张张夹在半透明的纸中，叠在盒里。有领导来工艺厂参观时，杨最得现场做刻纸表演，来客不免对他的手艺赞叹一番，说宣传不够。但这也只是说说而已，走的时候，厂里也不会把刻纸当礼品送，装在盒中的往往是尊尊玉雕。倒是有学校组织的儿童参观团，临走时会每人买一张，小心地捧在手里，像是吹着会化似的。杨最得常常好一段时间没有业务，他也不慌，只是由着自己的心性刻自己想刻的形象，力争构思中每一张都不一样。

　　有时杨最得沿厂区的高楼走进旧平房，被楼遮了阳光的房间里，阴阴的一片，一个刻案，一张椅子，一把刻刀，一摞刻纸。杨最得站着，恍惚一个念头，自己怎么会走到这里的？却是他多少年一直这么走到的。一切有什么意义？一切有什么必要？然而，一旦坐下，一旦拿起刻刀，他便心无杂念。做这件事是宿命，无可躲避，弃无可弃。

　　一把刻刀，尖头斜刃，握着它容易，把握它却不易。刀下一道直线一条弧线，刀刀见形，往往如头发丝那么细，没有多年功夫难以达到。当年黄师傅所说的"心中要有",实在是至理。杨最得回头再去看黄师傅刻的那些简单图形,却感生动鲜活,粗俗之中情趣横生。他奇怪这情趣,以前怎么看在眼中却感受不到。一旦有诸多的感受,杨最得便对这种感受难以割舍,沉湎其中,更要命的是他从中获得喜欢,那喜欢是不知不觉的,是不强不弱的,是不新不旧的,是不好不坏的,如瘾随心。

他无法丢弃这么一把刀。他的指上有茧,原来的割麦锄田的茧没退,刻刀加厚了茧。指上有茧,不管是城还是乡,这是他的缘。

这一天,阴冷有雨,工艺厂的销售门面空荡荡的,杨最得来换柜台里的刻纸,本来守着店的女孩,想一时不会有顾客,见了杨最得,便拉他顶差,自去办事了。杨最得站在柜台前,看着外面雨景发呆。这时进来一个人,围着柜台转看,杨最得见他一身西装,很有派头,猜他是避一时大了的雨,对工艺品不会感兴趣,看看就会走的,也不去管他。然而这一位却在右角的墙前站停了,久久没有动身。

那边墙上正挂着杨最得的一张钟馗形象刻纸,这张刻纸较大,本是杨最得随意刻的,刻完了自己觉得好,就夹在镜框里挂起来了。这张钟馗像,刀法简洁,刻纸独有的镂空术,表现了生动的人物形象。神情苍茫的眼,还有飘拂的胡须,看去仿佛有着了立体感。原来刻纸图案的边框给突破了,多的是空白,只留右下的一角见方,连着一片草一块石,又仿佛是手绘的印章。那钟馗独立于世外的悲凉,却又断不了与世间联系的苍茫,形神俱现。杨最得也许并不自知,多少年自己人生沧桑的心境,于其间有着一种观照的意味。

杨最得走到那人身后,那人转过脸来,看上去面熟。那人一下子叫出了杨最得的名字,杨最得这才想起来,他是曾到乡下与自己下棋的尚春生。

这一个东西，啧啧。

尚春生手朝后指着墙上的刻纸，嘴里赞叹着。两人就唠了一刻，尚春生说他现在虽然下棋少了，但下棋这个东西，有过瘾头就断不了的，像是入骨的味道。说话时，他还不住地回头看墙上的刻纸。

你觉得好？会买吗？

当然买，多少？

杨最得就从墙上取下刻纸来，说送给他。

尚春生捧着镜框看看，再看看杨最得，说：看来这是你的杰作了？

杨最得说，看你的样子，眼下是喜欢，只要你有一刻的喜欢，给了你也是值了。

尚春生只顾看着那刻纸，随后说：我本来就要买的，但你的作品，我也就不客气，收了你的东西。哪天请你到我家去，就艺术这东西，可以好好谈一谈的。

年近花甲，遇上寒九，杨最得会觉得身体内里有点冷飕飕的。他还是天天上班。物价在涨，刻纸是老价钱却仍缺销路。杨最得端端正正地在椅子上坐下，握起刻刀，心中浮现一个图案，于是落刀，那一刻整个心思都在刀下，待刻成形象停了刀，他才感觉到手冷，便在袖中笼了手，静静地看着刚才刻就的作品。电话铃响了一会儿，他才知觉，很少有人给他打电话的。接话一听，是尚春生邀他去他的家里坐坐。送一张刻纸又算什么，杨最得想推辞，对方却说要手谈一局，他就应了。杨最得独自生活，没有其他爱好，幸亏有棋撑着。而今棋友对局少了，一般不邀在家里，去外面棋牌室，连着一顿简餐。杨最得不适应这种交际式的棋局。更多的棋友是上网下棋，随时可以找到对手。对此杨最得也不

073

习惯，他下棋太认真，网上往往会有耍赖的，杨最得实在容不得棋品低下的，认为是玷污了棋。

尚春生家在近郊，几乎是没人声息的地方，杨最得按地址找到，发现是绿漆铁栅栏围着的别墅区。进入小区有保安查问，到别墅门口有狗吠。这是高档社区，却又给人一种安静的乡村气。

尚春生出来叫住了狗，把杨最得迎进门去。他穿着宽大的睡袍，还是在北方的习惯，双手笼在袖筒里，一边说着：欢迎来访寒舍。

你这叫寒舍，人家房子称什么呢？

真是寒舍。这片地方买房的都是投资者，就几家住着人，自然寒得很。听说后面要筑高楼，不过，以后人住多了，热闹了，我便卖了它搬走，我买这东西，就是图那么一点安静。

尚春生谈买卖房子，仿佛是随便似的。而杨最得蜗居一处小房子几十年，哪怕再添一点面积都不作想。简单一聊，这才知道尚春生可以称得上是一个收藏大家，在收藏行当里算是一个人物，上电视大讲堂讲过收藏。只是杨最得不看那种电视频道的。

什么收藏大家，做生意，做生意的。但与那些收藏生意人有点区别，因为我还懂点历史讲点艺术。

尚春生领杨最得参观他的别墅，到底是收藏大家，每层都挂着摆着艺术品，楼梯过道处，也挂小件艺术品点缀。底层是厨房与大厅，杨最得感觉走进了高档的家具城，对那欧橱美电，也就看看，眼光停留在艺术品上。

饭厅墙壁上挂着的一张画，是眼下一位当红画家所画，杨最得所在工艺厂，常会有人谈到而今的名画家，所以杨最得也曾听说过这位画家。这幅画可算作画家的代表作，画女人很开放，显着浓浓的艳色。

这张不怎么样，因为画家是我捧出来的，常往我家走，不挂他一张不好意思。尚春生介绍说：这一层都是一般挂挂的，图的是好看。

尚春生告诉杨最得，小区虽有保安，但地偏冷清，免不了偷盗风险，如有喜好字画的雅偷进门来，见好看的拿去一幅，也不太心疼。

二层是卧室，家具简约，空间充满艺术氛围，墙上多是国内名家的字画。尚春生说他专做国内生意，挂着的都是他喜欢的书画家作品。杨最得知道这些负有盛名的书画家，所画也非一般应酬画作。尚春生随便地介绍着它们的好处，也会谈到一点不足。他谈起艺术表现来，头头是道，细谈到作品是画家哪一个年代所画，每一个书画家都有他们的盛期与衰期，并非越老越值钱。也有一两幅字画作者并不有名，尚春生认为那是他们年纪轻，火候没有到，但极具潜质，由他推出，将来总会成功。

三层是书房，设书画间。长案桌上铺着毡布。尚春生说他也会在这里画画写写，但没有一幅能过自己的眼，统统撕了。请来的书画家，往往都会留个墨宝，那些书画都只能供他办事送人。这一层作品不多，都是精品。书房的电脑桌前方，却挂着一幅外国油画，照例尚春生是不经手外国画的，放这幅画是喜欢。杨最得看着也喜欢，只觉画中溪水及旷野，清静雅致，仿佛有着一种遗落于人间之外情景，倒含几分禅意。杨最得发现，他与尚春生在鉴赏方面居然是相通的。

最上一层是阁楼。尚春生向杨最得着重介绍，那是他特意布置的棋舍。杨最得以为特别地美丽华贵，上去一看，却是一个名副其实的阁楼，就像旧日城里的阁子楼，不大，尖顶上还有一扇老虎天窗，让杨最得有一种熟悉感。杨最得自小就生活在这样的阁楼里。而今的新房子都类似鸽子笼的公寓楼，早已看不到这样的阁楼了。

阁楼中间摆着一个棋案，上面有着一张檀木的棋盘，旁边打开的两个棋盒中，是玛瑙棋子。阁楼上挂了三张艺术品。

一张是当代草圣的字，尚春生说许多当代的字画都没有经过时间考验，当红的往往都是炒作出来的，而他也是炒作的得力一员。但草圣的字是经典。这是草圣与文友谈诗的一幅字，草圣对诗犹有兴趣，谈诗有独特见解。这幅字是随心而作，不是为作书法而表现。真正的艺术品都是随心而作，是内心的宣泄，又圆融了文化素养与艺术见解。

一张是生活在异国他乡的华人画家的一幅画，西方油画的形式，透着写意的中国内涵，信笔画出的是无可排解的乡愁。

还有一张挂的便是杨最得的那幅钟馗刻纸。

尚春生告诉杨最得，这一块地方，他一直虚位而待，拿到杨最得的刻纸，才决定放上。这里的东西，都是真正独特的艺术品。

我第一眼看到它时，我就被震慑了，我见过无数艺术品，还是少见如此有艺术特质的作品。仿佛是从梦幻之地落入人间，落在那不起眼的工艺店的墙上。

一种无法言说的沧桑感。尚春生说，这张作品无论从构图与表现，都不一般，形象所显气质，悲而不哀，愤而不怨，刀法有不可思议的精细处，而空白更显舍弃达到的突破，弃而又弃，方见审美。没有天才的基因，没有人生的痛苦，没有守望的毅力，是不可能完成的。

杨最得只是微微摇着头。

你本不认为自己是在从事艺术创造吗？

尚春生张着手说，我把它放到了最顶层，并非因为你是我的朋友，而是完全出自艺术角度。一张刻纸，换一个人求突破，也许便牛不牛马不马成四不像了。一般当代的艺人都讲创新，但他们还只是在模仿，模仿外国样式，可再怪诞依然脱不了外国人的模子。当然，它本身还是一幅刻纸工艺品，用钱来估价，它根本可以忽略不计。在拍卖场上，我收藏的作品拍过几百上千万的。

我有我的悲哀，我的艺术欣赏与我收卖的东西不是一回事。与那些暴发户打交道，讲的是赚钱效应。经营与经典不在一个层次，错位错得我成为双面人，然我只有取得更大的经济效益，才有可能收藏真正喜欢的艺术品。

你对艺术有如此理解与表现力，要是一开始就画画，你肯定在画上大有成就。现在一幅画，动辄一平尺数万，再遇上我为你包装，争一个美协主席什么的，一年几十万是少说的。到现在这个年龄，回转已难。与刻纸艺术相近的，是篆刻，都是一把刀。眼下金石这一行很吃香的，一个带边款的印章能卖好几万。但你不会去，门类不同，表现不同。印章的面很小，一个小天地，施展不开你的想象。

看来你还只有从事你的刻纸。这是一个被遗弃的艺术模式，就是我想帮你炒，也炒不出来。在这个商品时代，坚持表现独特的艺术性，是要舍弃一点东西的。也许你的突破，你的努力，你的寂寞，你的辛苦，只是一个人的表现，你仿佛与现实人间不在一条线上，注定无法为现时代的人接受，可能会有喜欢的人，但真正理解的，也许世界上只有我一个。

有你一个就够了。杨最得说。

杨最得将手中的一颗围棋子放在盘中，棋盘正中间天元上。一颗黑玛瑙孤子透着盈盈的翠绿。

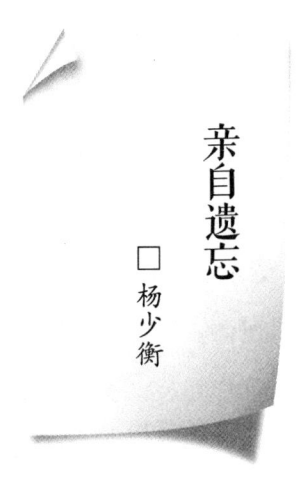

亲自遗忘

□ 杨少衡

现在咱们聊聊,或称亲自聊聊。眼下"亲自"一词使用频率很高,即使进不了汉语之最,至少总跟着我,像我脚边晃来晃去的影子。我常"亲自出席""亲自前往",也常"亲自喝茶""亲自解手",那是形而下,开玩笑,调侃,亲自调侃。

那天我接到一个电话,一听就知道是诈骗电话,这叫作"亲自遇骗"。你知道我是什么人,电话诈我好比老鼠戏猫,甚不靠谱。行骗者性别女,自认是我侄女,开口叫我"叔叔",求我救她,随即在电话里放声大哭。我问她是谁?她说她是"小兰"。我知道接下来她会讲一个悲惨故事,甚至是我与她的性爱故事,然后当是汇款事宜。该骗术前些时候颇流行,目前亦偶有发生,我多有耳闻却无缘亲自邂逅,因此略有惊喜,很愿意抓住机会与贤侄女好好一聊,问她行骗若干次?得手若干?知道今天骗到哪位了?

我相信聊起来会有点意思，至少会让她吓出一身冷汗。只可惜当时我的办公室坐了一圈人，暂无他顾之暇，只能把电话一关了之。

却不料那天我碰上一个执着者，贤侄女小兰有如一块嚼过的口香糖，吐到哪儿就粘在哪儿。也就过了大约半小时，电话铃响，又是她。

"叔叔，是我，小兰。"

诈骗电话多是一锤子买卖，少见有回头客。我知道有一种以故事性见长的长线电话诈骗手段，可以从故人相认约见开始，到忽然因事被拘告急，再到汇款账号等等，持续数日耐心诈骗不止。这种诈骗之耐心，前提是有人上当了，可以一步步请君入瓮。如果接电话者在第一时间识破骗局，那么也是一锤子买卖，电话中忽然冒出来的故人就此烟消云散，再也不来殷勤问候。当然通常之余总有例外，我自己就曾遭遇过接踵而至的诈骗问候，前一个刚被拒听，后一个电话铃紧随而至，打开一听还是那个甜腻声音："朋友，你的福气到了。"听来令人实在恼火。那一回诈骗者也是找骂，刚好碰上我烦，当时就吼他一声："给我滚。"于是骗局骤止，福气不再降临。

这一回却不好对贤侄女报之以吼，因为正在讨论工作，当天讨论的是社会治安综合治理相关问题，办公室里一圈人物多为各部门领导，我位居首席主持讨论，自当注意个人形象。我没跟电话机过不去，只是不紧不慢重重训斥一句："不许再打这个电话。小心我收拾你。"

放了电话后，办公室里一圈下属个个都笑，讨论顿变活跃。大家说，政法委陈章书记于主持重要会议期间亲自被当众诈骗，可见确实需要加强综合治理。

此后电话略显平静，可能是训斥有效，贤侄女怕被收拾，就此烟消云散。

这天也巧，除了这位"小兰"，我还遇上了一朵花，是桂花，由董桥带到我的办公室。董桥为市公安局副局长，局长去省里学习，他在家管事，这天下午来到政法委，找到书记办公室，向我报告他们近期一些工作。他提到了一次治安整治行动，行动中抓获十数位涉赌人员，其中有一个女子叫王桂花，等等。

我注意到董桥报告的这一起治安案件并不特别重大，但是董桥两次提到王桂花，突出介绍其姓名，谈及其事迹却隐隐约约，闪闪烁烁，言辞含糊，语焉不详。

我直截了当问："董桥，这朵花怎么啦？是赌头？"

他报称赌头另有其人，王桂花只是涉赌人员。她好像有点情况，领导听说过她吗？

不由我笑："是我小姨子还是表妹？"

董桥也笑："领导不知道这个人？"

我告诉他，我从未认识一个王桂花，如果是个赌棍暗娼那就更不认识了。哪怕我亲自认识，甚至是我的小姨子表妹又怎么样？无论王桂花还是李桂花，无论她声称认识张三还是李四，不必管她，执法部门只需要依法办事，该怎么办就怎么办。

"领导说得对，对。"

我发觉他表达略有迟疑。我让他无须顾虑，我肯定不知道什么王桂花。如果这朵花公然拿我为赌博增光添彩，那么尤其不能放过，务必重重处罚。董桥这才放心了。

我明白董桥可能是来探口风，估计是那位王桂花涉案后提到跟我认识甚至有染什么的，事涉上级主管领导，让办案人员感觉棘手。我对自己的表态很有把握，因为我记性极好，年富力强，远未亲自痴呆，不会把什么桂花兰花搞错。我是外地人，数年前调到本市任职，在这里举目无亲，同学旧部也少，其中确实没有谁芳名桂花。以我的情况，哪怕企图征用个把街头破屋男女赌徒亲自认识认识，条件也不太具备，因此不会有谁给我找此类好事，对此我很自信。我在本市管政法，此地认识我的人比我认识的多得多，因此偶尔会被人强行借用名字头衔，在犯案情急之际把我抬出去抵挡，有如抬出一具稻草人。这些人冒我之名，只能心存侥幸，通常不能把关系说得太清楚，以免露出马脚，得尽量闪烁含糊，止于暗示，让办案者心生顾忌。类似情况我曾有幸领教过，因而对眼下所谓王桂花心里有数，知道不须太当回事。如果该桂花跟我真有瓜葛，在出事的第一时间自会有消息如蝴蝶翩然而至，不必坐等董副局长亲自报告。

第二天上午，市一中林新校长到我办公室，专程汇报一件事情。市一中为本市唯一省级重点学校，林新校长文质彬彬，教书育人，于我算是稀客。林新校长的主管部门是宣传部和教育局，上边有宣传部长，还有分管副市长过问，他的工作除校园治安外，一般不劳我亲自关心，因此他到我这里谈事的机会不多。所谓无事不登三宝殿，他上门必定有事，该事项应当比较重要，至少比较特殊，需要我特事特办。

他一见面就向我检讨："陈书记，这件事没有办好，我很痛心。"

我开玩笑说他是"亲自痛心"，他没听明白，一时口吃："这是，这是？"

不由我笑。我让他不急，不必这么痛心，好好说，没关系。

"那孩子很努力，可能压力过大了，适得其反。"他说。

原来没什么大事，不过是一个中学生中考考砸了而已。大家都知道中考怎么回事，时下很多地方中考竞争比之高考绝不逊色。本市优质教育资源集中于市一中，众多学生及家长拼命以挤入该校高中部为人生重要目标，一旦进入则基本可保来日进入重点大学。今年林校长那里有一位初三女生学习非常努力，按照平时情况，进入本校高中线应当没问题，却不料她在中考时发挥失常，离上线差一分，错失机会。类似情况每年都大量发生，并非仅有该女孩，为什么会让林校长亲自痛心，要亲自来向我说明？因为这女孩与我有关，贵为本市政法委书记陈章，也就是我本人的挂钩帮扶学生。女孩备战中考时，林校长亲自与之交谈，勉励她考出好成绩，一旦上线，他要亲自带她来向我报喜。却不料女孩缺点福气，承受不住压力，发挥失常，让林校长痛心之至，特意前来亲自说明。

不由我惋惜："这孩子原本成绩不错，我一直挺喜欢的，怎么会弄成这样？"

"本来是很有把握的，没想到啊。"

"她现在怎么样？"

她很伤心，但是情绪基本稳定。毕竟是自己没有发挥好，不能怪别人。遇上失利也要想得开。校长老师们都一再劝导她，说她还年轻，还有机会，虽然中考失败，太阳照常升起。

我表态："一分之差确实可惜，碰上了也真没办法。"

林新感叹："考试就是这样，很残酷。"

这个女孩很不容易，出自本市城乡接合部一个困难家庭，刚上中学时就曾因家里拿不出课本费几乎辍学。女孩本人很懂事，心怀梦想，热爱学习，想了很多办法，课余时间干各种活，自己解决学习费用，以此坚持就学。学校老师同情她，给她提供帮助，推荐她成为市领导的挂钩帮扶学生。女孩一心争光，不辱使命，视读书为改变命运的关键机会，学习特别努力。她的学习成绩不错，只是偏科，作文在班里数一数二，数学基础差一些。她这一次中考作文几乎满分，如果数学能维持平时水平，上线绝无问题，却不料以一分之差，功败垂成。

林新从公文包里取出一份材料，递给我过目。却是该女孩在本次中考中几乎得到满分的作文，林新校长特地让人抄录下来带给我。这篇作文的话题与"梦"相关，女孩从自己的家庭写起，称从小怀有一个读书之梦，因为家境困难曾几度接近辍学，梦断中途。幸运的是总是有人向她伸出援手，让她战胜各种困难，坚持在寻梦路上。她认为实现自己渺小的读书梦，有助于更好地跟大家一起为实现伟大的中国梦努力，等等。

"她还提到您。"林新说。

她并没有提到我的名字，但是确实提到了一项教育帮扶活动，称自己被一位领导列为帮扶对象，这让她获得了温暖和动力。

可惜该女孩终以一分之差落败，因之受到了特别大的打击。林新校长分析，她之所以发挥失常，主要是因为压力大。老师和校长跟她谈话时，一再强调她是领导帮扶对象，考好了才能为领导争光，这给她造成了很大压力。她的家长也起了相当大的影响，考前其家长跟她约定，考得好，可以砸锅卖铁支持她拼前途，但是如果考不好，上不了一中高中，其他学校读了没啥出息，那就算了，出来挣钱养家吧。

"这不好。"我明确反对，"她才多大？初中毕业也就十四五岁吧。她应当继续学习，上不了一中高中，也还有其他学校。"

"我们也是这个意见。"

我交代林新务必做好孩子和家长的工作。替我慰问他们，鼓励他们向前看。

"您这么关心，她会非常感激的。"林新说。

他把女孩的作文留给我，称他们留有副本，自己起身告辞。我把他送出门，在办公室门外握手道别。

"一定帮我转告这孩子,"我说,"她叫这个什么……"

"小兰。"

"对,小兰。告诉她我会继续关心的。"

林新离开,我没有一丝耽搁,立刻翻查通话记录,查的是昨天上午开会时打给我的那两个电话。我这才注意到该号码为本市区号,不像通常诈骗电话多显示来自天南海北。我之所以急查通话记录,是因为林新刚刚提到女孩名叫小兰,我蓦然感觉不对头,即想起昨天在电话里哭泣的贤侄女似也自称此名。我本认定那是个转眼就换名字的小骗子,现在忽然意识可能并非所料,其名或许还是真的,很可能就是林新说的中考败北女孩,我的挂钩帮扶学生。我一向自命记性极好,怎么会听不出来打电话的是谁?连挂在本人名下帮扶学生的名字也不记得?说来比较尴尬。事实上我根本不知道这什么小兰,从来没有见过,也没电话联系过,只是隐隐约约记得似乎有这么个事。林新校长专程找我报告该中学女生的情况,我又是说她不错我一直挺喜欢,又是表示惋惜又是交代问候,关心亲切有加,还"这个什么",做一时叫不出该女孩名字状,其实只是在人家校长面前不得不着意掩饰,有如突然发现裤裆拉链敞开,得赶紧拉衣襟遮挡,否则真是不好意思,有损个人光辉形象。

我立刻打电话把小刘叫过来询问。小刘是政法委办公室副主任,平时跟随我,相当于秘书。小刘证实说,两年前,本市开展教育扶助活动,要求每位领导挂钩帮扶一位困难学生,市教育局筛选出若干合适人选提交领导们帮扶,其中有这位小兰,她归我了。该活动规定的帮扶内容有若干条,包括定期资助等等。由于我的大事情多,难以亲自料理这类杂事,这两年都是小刘以我的名义代办。所需定期帮扶经费数额不大,他们没从我工资里扣,用办公室卖旧杂志废报纸的杂收报支了。仅以此论,本陈章书记似不够地道，太占便宜，钱不用出，名还有了。

"这怎么可以？"我对小刘表示不快，"为什么以前没报告我？"

其实他曾报告过，相关材料当时已呈我审阅。两年多帮扶不是一锤子买卖，期间相关部门还曾组织过若干次探望活动，不巧我都遇上这个事那个事，因此都由小刘代为探望、关心。小刘检讨说，本以为小事他们能处理就处理了，不知道领导这么重视，以后他会及时报告。

我得承认自己其实没太当回事，否则不至于把电话里哭泣的女孩当成小骗子。该疑似骗子竟是本人名下挂钩帮扶了两年多的学生，想来滑稽，感觉有如自己冒领了一笔奖金。这么些年我从未见过这女孩，确实未曾亲自重视，难以自我表扬。她本人以往没有主动跟我联系过，也许是有人要求她不得随意惊动我，以免影响领导工作。为什么忽然间她冒昧来电哭泣？显然因为中考失败，这女孩为了读书付出很多努力，失去机会后无路可走，只能寄希望于我"救救她"。既然我挂名帮扶，她有权请求帮助，在她看来我的官足够大，只要愿意我就能救她。这是她一厢情愿，不说我无权改变中考规则，哪怕有权也不可能为她随意行事，无论名义如何，事实上她与我基本不相干。

小刘从我的文件柜里找出一个卷宗，里边果然存有一份当年挂钩帮扶的登记表，表上有我自己的签名。我得承认该签名非假冒，白纸黑字，铁证如山，只是被我亲自遗忘。登记表贴有照片，照片上的女孩睁着一双大眼睛，表情显得紧张，看上去似乎还像受到一点惊吓，让我联想起电话里她的哭声。我心里不禁有一丝狐疑，如果只因为中考落败，至于一下子哭成那样吗？不会有别的事吧？

我仔细察看登记表，发觉这位小兰姓黄，其父亲已经过世，她与母亲相依为命，下边还有一个弟弟。其家庭缺乏稳定经济来源，靠母亲摆摊为生，其母名叫王桂花。

真是"蓦然回首，那人却在灯火阑珊处"，相关信息碎片至此终于拼凑成型：原来桂花兰花是一对母女，王桂花参赌被警察捕获后，一定曾表示她们与我有关系以求脱身，所以董桥才会找我探口风。黄小兰给我打电话哭诉求救，看来不是因为中考，而是因为其母被抓，想求我这个政法委书记出面干预。她年纪还小，或许并不清楚政法委是干什么的，其中有何道道通向赌场，但是她身边会有人知道，他们鼓动她打电话，鼓动者或许还是其母的街头赌伴。

这种时候遗忘并非坏事，我压根儿没想起什么小兰，她的两次电话均被我疑为诈骗，一挂了之，这就无须额外多费口舌，未曾影响我对其母案件的表态。问题是她母亲这种事怎么可以找我？即使换个情形，即使我像记住自己名字一样亲自牢记该小兰，我可以要求警察违法违规放走犯案赌徒吗？显然不是我应该做的。因此我有理由就此表示强烈不爽：当年是谁为我挑选学生？为什么不做更深入细致的审查筛选？难道找不出一个家人长得清楚一点的孩子吗？政法委书记亲自挂钩帮扶，帮出个案犯赌徒，这算什么丰硕成果，有何美好影响？日后王桂花有可能继续涉赌，甚至犯更大的事，能允许她继续抬出本书记当稻草人用吗？显然亲自遗忘已经不够，相关名义应予撤销，黄小兰不可以算是我的挂钩帮扶学生，她与我从来都无瓜葛，所谓"风马牛不相及也"。

但是不幸我难以释怀，因为那张照片，以及她的作文。照片中的女孩有一种受惊吓的表情，让我想起她的哭泣和求救。我能感觉到她哭声里的绝望，意识到她除了哭中考失败，哭母亲犯案，更哭自己的未来。女孩中考少得一分，命运为之改写，她还有未来吗？还能怀揣她在作文里述说过的梦想吗？或许她注定就是这个命运，如何努力都无以摆脱？以我的工作和阅历，我知道若干相似的女孩和故事，我很不愿意她们的故事在这位小兰的未来重现。无论其母亲涉案如何令我不快，她本人确实名为我所挂钩帮扶，我不能吞口水般轻易否认。在把她亲自遗忘之后，我确实难以亲自释怀。尤其让我难以释怀的是我与自己名下这个帮扶孩子的唯一一次亲自接触：她打电话求救，却被我疑为小骗子，招我一番训斥，命她不许再找，小心我收拾她。虽出于误会，情有可原，于一个无辜无助女孩却显得过于生猛。这女孩几天前刚把本领导写进她的中考作文，感激有加，让我自己想来也觉不忍。

我把董桥找来，把两年多前我签字已阅的那张登记表交他阅读，他看毕一时无语。

我问："王桂花最后怎么处理？"

经查王桂花并非初次涉赌。据供称以往屡赌屡输，曾决心痛改前非。这一次参赌，她自称是想托人帮女儿圆读书梦，得用大笔钱，家中没钱，只能铤而走险再赌，没想到钱赌光了，人也给抓了。根据相关规定，她被处行政拘留七天及相应罚款。

"陈书记有什么指示？"董桥问，"或者想办法给她改一改？"

我还是那个意见，依法依规，该怎么办就怎么办。

"明白。"

现在需要商量的不是母亲，是女儿。这孩子很不容易，学习特别努力，作文特别好，心怀梦想，我感觉不忍，不能将她置之不顾。

董桥问："需要我做什么？"

"要用你的共建名单。"

他顿时张嘴结舌："这，这可以吗？"

我请他想点办法，特殊处理。

我知道市一中与公安局是共建单位，两家有多方面共建内容，其中有一项比较实惠：每年学校都会提供若干名额，供该局需要人员的子女以寄读方式进入一中高中学习，这就是所谓"共建名额"，该名额为稀缺资源，条件多样，收费不低，却一名难求。近年这一安排受到外界质疑，规模逐渐缩小，但未完全废除。由于共建是他们两家内部事务，以往我从不干预，这一次例外。我提出能否考虑以相关部门挂靠解决的方式，把黄小兰纳进共建名单中，用董桥的项目，但是不占其名额，不影响原定干警子女照顾人员。增加的这个名额可以请一中林校长调剂，以我的名义请他支持，我本人会就此与林沟通。如果要学校拿出一个名额特殊关照黄小兰，那是不可能的，给共建单位调剂一个名额可能还做得到。当然能解决也是极个别的，多了谁都办不了。总之我希望在可能的范围内尽量想办法，用大体说得过去的方式，给女孩一个机会，同时只做不说，不要造成影响，以免节外生枝，弄出一片哗然，任谁都承受不了。我还必须表明态度，如此处置如果产生什么问题，我会做出解释并亲自处理，有责任我来承担。

我把这些话拿来与董桥商量，其实并没给他多少选择余地。

他请示："赞助费呢？我们来想想办法？"

"我来解决。"

"这怎么好？"

"只能这样。"

董桥走后，我给林新校长打了电话。他一听是我，忙解释因学校有事，暂未去看望女孩及其家长。准备忙完就去传达我的慰问，情况如何会立刻反馈给我。

我说："不急。她母亲出了事，过两天才能出来。"

"是吗?"

我把情况告诉他,重点不在王桂花涉赌,而在黄小兰升学。我还是用"商量"的方式,告知了我的想法。

"你感觉怎么样?"我问。

他沉吟片刻,说:"听领导的。"

"有什么问题吗?"

他还是那句话:"听领导的。"

其实无须他说,我清楚可能会有什么问题。如此行事当然有风险,不过应当还在可控范围之内。我帮助的女孩不是我的亲属,我没有利用职权徇私,未曾在本项目中谋利,反而要自掏腰包替该女孩出一笔赞助费,这就比较好说。我感觉自己必须这样做,以往帮扶似乎不甚到位,不算欺世盗名,也是名不副实,权以此做一次特殊帮扶,也算有所弥补。我不可能解决更多孩子的问题,能顾及一个就顾一个吧。这个女孩应当破涕为笑,她应当能够圆梦,应当有一个未来,她的未来应当能如所愿,比较而言这更为重要。

我命小刘负责协调此事,包括董桥那里、学校和学生各方。吩咐他悄悄办,不要搞出动静。小刘行事细致缜密,嘴上常挂着一把锁,可堪托付。此前他曾以我的名义静悄悄处理帮扶这位女孩相关事宜,未料这一次却未能让他继续施展,他刚刚开始听命行事,事情刚在运作之中,却意外突告中止。

女孩不见了。

她在其母王桂花出拘留所的第二天离家出走。走之前留了一张纸条,说不必找她,她会照料自己。王桂花推测她可能是去深圳,她有个表姐在那里打工挣钱。

女孩并不知道在电话里训斥过她的"叔叔"正在试图为她安排一个特殊帮扶。这种事需要经过若干环节,每个环节都需要时间,她没能等及机会到来。在中考失利和母亲被拘双重打击之下,她已经倍觉失望与羞耻。试图向我求助又被呵斥:"小心我收拾你。"她一定感到绝望,或许还很害怕。因此横下一条心,选择出走。

小刘经我同意,直接上门去见女孩的母亲王桂花,要她想办法尽快找到孩子,无论她是在深圳表姐那儿,还是投奔了其他什么亲友。告诉这孩子,上学的事领导已经想办法帮她解决了,让她赶紧回家。

王桂花说:"这个臭丫头,也不知道死到哪里去了。"

她并没有到派出所报告人员死亡或失踪,即便是我也不能要求警察侦查找人。有迹象表明王桂花似乎知道女儿的下落。显然她对女儿上学的事另有想法,相关信息未曾传递出去。直到秋季开学,女孩没有回来,为她所做的各种努力全部报废。

我感到遗憾,偶尔想起还觉痛心。忍不住要跟你亲自聊聊,你能理解吧?

你懂的。

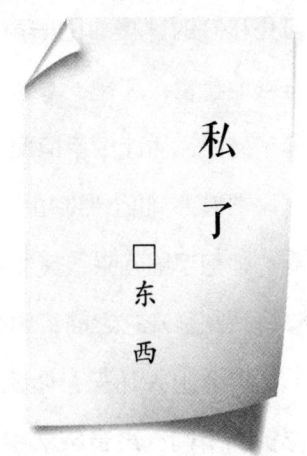

私了

□ 东西

他把存折轻轻放下。黑色的方桌上搁着一本绛色,很扎眼。她没看存折,而是看他,好像他是一个陌生人,需要对他进行检测。他被检测得心里发毛,低下头,看着凉鞋里十根变形的脚趾。脚趾虽然变形虽然黑,但趾甲里没了泥垢,鞋面也还算干净,这都是进村时在井边仔细冲洗的结果。太阳快要落山了,阳光从门框斜进来,照着他们的下半身,把他们下半身的影子拉长,投射到墙壁上。墙壁上,一个腿影不动,一个腿影打闪。

"都15天了,你说你们封闭。李堂封闭还情有可原,你一个种地的,谁会封闭你?"她的声音不大,却一剑封喉。

"能不能先看看存折?"他弱弱地问。

"你都回来了,李堂为什么还不开机?"

他不答,指了指存折,好像答案就在那里。这时,她才把目光移开。

目光移开时"哗"的一声，仿佛撕去一层皮，在他的脸上留下了痛感。她疑惑地看着，那是一本新存折，新得都不好意思去碰。她的手指捏着衣襟，捏了又捏，估计把手指捏干净了，才伸出去。

"慢。"他忽然制止。

她把手缩回来，又看着他。

"在翻开它之前，你得有个心理准备，因为……这不是一笔小数。"

"才出去几天，你就把人看扁了，好像我就没见过大数……"她翻开存折的瞬间，声音突然中断，整个人凝固，眼珠子一动不动，呼吸声变得急促。

27年前，她生李堂时差一点就憋死。医生说她的心脏有毛病，能生一个还保命，已是奇迹中的奇迹。从此，她感觉到了心脏的存在。累的时候它重，急的时候它重，来例假的时候它也不轻。每次犯重，她都用右手捂住左胸，仿佛捂住一碗水，生怕一松就漏。现在，她又把手捂在胸口，说："三层，你是不是抢银行了？"

他摇头。

"没抢银行哪来这么多钱？"

"你猜。"

她忽然感到脑袋不够用，而且头皮还略紧。她首先想到的是彩票中奖，但没等他摇头，她就自个儿摇了起来。她不相信李三层有这么好的手气，更不相信自己有这么好的命水，那么……她"那么那么"，也"那么"不出其他可能，就说："你最好直接把答案告诉我。"

"还是猜吧，答案没那么容易。"他扭头看着门外。

"再猜，我的心脏病就发作了。"

"好东西不能一口吃完，好消息需要慢慢消化。"

"没有答案，再好的消息也折磨人。"

"要不你问李堂。"

"他不是一直关机吗？"

"哦，我差点忘了。"他一拍脑门，仿佛从梦中惊醒。

"他为什么总是关机呀？"

"你先猜钱是怎么来的，然后我再告诉你他为什么关机。"

"讨厌，你都快把我急死了。"

"路得一步一步地走，事得一件一件地办，急不得。"

她重新翻开存折，看了一会儿，"这钱是李堂挣的吗？"

"你说呢？他一个单位里的跑腿，才两年工龄。"

"莫非是你捡到的？"

"我说是，你也不会信吧。"

"天老爷，"她倒抽一口冷气，撩开他的衣襟，摸着他的腰部，"你不会把肾给卖了吧？"

"肾哪能卖这么贵。"

她低头查看。他的腰部没有伤疤。他说他的肾好着呢。她直起身，"那就奇怪了，难道你傍上了大款？"

他把头扭过来，发现她的面肌开始松动，像有一颗石子砸进水面，渐渐泛起涟漪。这是严肃后的一丁点活泼迹象，是由对立走向和解的信号。他稍微放松警惕，仿佛有一根绑着的绳子从身上掉落。他说除非碰上一个刚从牢里放出来的女大款，否则我傍不上。

"你不是说你肾好吗？"

"光肾好有什么用？人家还要看皮肤白不白。"

"想想也是，谁会看上你这副黑不溜秋的皮囊？"她的脸上埋着讽刺。

"但是李堂好白，白得就像水泡过似的，一点都不像我。"

她双手一击，恍然大悟，"莫不是李堂傍上了女大款？"

"你觉得有可能吗？"

"怎么没可能？他一表人才，口齿伶俐，就是县长的女儿喜欢他，我也不奇怪。"

"有道理。"他微微点头。

"这么说我猜中了？钱是那个女大款给我们的？"

"别叫得那么难听，富二代好不好？"

"有区别吗？"

"当然有了。一般女大款年纪都偏高，但富二代年轻。我们家李堂怎么可能为了钱去傍老女人？"

"那是。我们家李堂可讲尊严啦。记得他八岁时，李侯衣锦还乡，给每家的孩子都发了一把奶糖，别家的孩子恨不得要两把，但我们李堂一颗都没要。十岁那年，罗老师把他小孩穿过的一双半旧皮鞋送给他，他硬是没接，虽然他的球鞋都被脚趾顶出了两个窟窿。"

"这叫骨气。"他竖起大拇指。

"所以，不是我们家李堂要傍富二代，而是那个富二代倒追我们家李堂。"她把存折丢到桌上。

"知子莫如母，这事还真被你猜对了，是女方主动。"

"可是，李堂他交了女朋友为什么不告诉我？这么好的事，有必要隐瞒吗？二十多天前我跟他通电话，他也只说旅游，没说交女朋友。"

"他……他想给你一个惊喜。"

"他们是什么时候认识的？"

"你猜。"

她盯住他，像盯住一个怪物，"动不动就'你猜'，哪里学来的臭毛病？"

"封闭时学来的。"

"到底是谁让你们封闭？"

"你先猜他们什么时候认识的。"

"神经病。"她骂了一句，朝厨房走去。厨房的灶台上煮着一锅水，现在正"扑哧扑哧"地冒着热气。她往热水里倒了一筒米，用铲子在鼎罐里搅了搅，把多余的水舀出来，然后从灶里抽出两根柴，让小火慢慢地焖饭。他走进来，倒了一碗凉茶，"咕咚咕咚"地喝下。喝茶声比脚步声还响。她扭过头来，"喂，这么多钱，你打算拿来起房子还是存定期？"

他抹了一把湿漉漉的嘴角，"你猜。"

她用手指点了一下他的嘴巴，说："你能不能不说这两个字？"

他不动，呆呆地立住，看着正前方。正前方一片虚焦，他什么也没看见，只是摆了个看的样子。她扳扳他的下巴，又拧拧他的面肌，但他始终没动，好像变成了植物人。她用力捏他的鼻子，说："你怎么变傻了？李三层，你是不是吃错药了？"

"你猜。"他还没转过弯来。

"猜你为什么变傻吗？"

"不，猜他们是什么时候认识的。"

她抽了抽鼻子，扭过头去，揭开锅盖。饭还夹生，于是把刚才抽出来的那两根柴又塞进去，灶里多了一抹火光。她走到洗手池，洗了洗手，又抹了几把额头上的汗，看见他还在原地站着，就说："李三层，我算是服你了。"

"光服不行，还得猜。"

"笨蛋，他们不是三个月前认识的吗？"

"为什么是三个月前？"

"李堂回来过春节时，没说交女朋友，现在突然冒出个富二代，不是春节后认识的那会是什么时候？"

"没想到你还能推理，原来你不傻呀。"

"你妈的，到底是你傻还是我傻？"

"猜。"

"这还用猜吗？"

"时间是猜对了，但你还没猜他们是怎么认识的。"

"老娘没这份闲工夫，改天我直接问李堂。"

"也好。"说完，他转身走出去，走到堂屋，走出大门，一直走到汪槐家，他才发觉自己的手里还拎着那个茶碗。

他逢人便说"你猜"。全村人都知道他变傻了，但谁都不知道他是如何基因突变的。她背着他天天拨李堂的手机号码，但电话里天天都是那个声音："该用户已关机。"

"李堂为什么还关机呀？"夜深人静的时候，她用手指戳他的后腰。他翻了一个身，"你先猜他们是怎么认识的。"

"说话当放屁。你说过只要我猜出钱的来历，就告诉我……"

"可当时你没乘胜追击，过期作废，现在我得加大问题的难度。"

她踹了他一脚，"你没傻，你是癫。你是被钱吓癫了。"

"必须承认，钱不是个好东西。"

"可一旦缺钱，你什么东西都不是。"

"唉……"他长长地叹了一口气。

她抚摸他的身体。她已经好久没抚摸他了，感觉他的肉越来越少，骨头都多得有点刺手了。她说："我对你好不好？"

"没的说的。"

"那你为什么还让我猜这么多问题？你知道我最怕动脑筋。"

"我是想让你分享他们的幸福。"

"他们幸福吗？"

他点点头。即便是在黑暗中，即便都平躺在床上，她也感觉到他点了点头。她看着黑乎乎的天花板，脑海里一片花花绿绿。她说："他们是怎么认识的？是在公交车上或是火车上？既然要认识，总得先有一个地点吧？"

"人家是富二代，既不坐公交也不坐火车。"

"那就是自己开车喽。"

"还用说吗？"

她的脑海浮现一辆小汽车。太好的汽车她想不出，拼尽脑力，也只想象出一辆像王东帮人拉新娘那样的。汽车在她的脑海里"呼呼"地飞奔。她说："有一天……富二代开着一辆很贵很贵的车，在十字路口等红灯，忽然看见我们家李堂从斑马线走过。你想想李堂那身材，想想他的大长腿，只要往人群里一站，就相当于杉木站在茶林，马上就能吸引别人注意。我要是那个开车的姑娘，眼睛一定会发亮，心里一定会发烫……"

"我认为除了身材，她还看上了李堂的气质。"他打断她。

"还有才华，你别忘了，我们家李堂语文经常在班上考第一。"她说。

"然后呢？"他期待她往下讲。

"那个富二代叫什么名字？"她问。

"叫……叫，叫丽莲。"他"叭叭"地拍着脑门。

"没姓呀？"

"姓马。"

她看着黑乎乎的天花板，仿佛看着城市的街道，"当马丽莲一看见我们家李堂，就觉得过了这个村便没那个店，她不想让机会溜走，跳下车，拦住李堂假装问路……"

"不可能。十字路口不能停车，她走人那是违反交通规则。"他反驳。

"人家一个有钱人，还在乎交通规则吗？大不了罚款。我跟你讲，人一旦爱上人，跳火坑都愿意，更别说跳车。"她争辩。

"那车怎么办？"

"让警察拉走呗，想要就第二天花钱去取，不想要就让它烂在停车场。"

"你不是说车很贵很贵吗？"

"对有钱人来说，贵算什么？感情才重要。"

"也是。她不跳车，怎么能体现我们家李堂的魅力？"他认可这个答案。

但是她忽然产生疑问，"难道李堂不会拒绝吗？"

"为什么？"他张大嘴巴。

"万一她长得不漂亮呢？李堂可不是那种只爱钱的人，他不会因为金钱降低对外表的要求。"

"恰恰相反，她长得太好看了。"

"为什么不带张照片回来？"

"说好要带，临出门又忘了。"

"她长得像谁？有她未来的婆婆好看吗？"

"好看一万倍。"

她用力掐了一下他的大腿。他竟然没喊痛。她说："这是哪世修来的福？李堂竟然交了一个既有钱又漂亮的姑娘。"

"而且还是倒追，"他赶紧补充，"早上，马丽莲开着豪车送李堂上班；晚上，她又开着豪车把李堂接到家里。"

"他们住在一起了？"

"可不是吗？李堂直接住进了马家的别墅。"

"也就是说他们睡在一块儿了？"

"你猜。"

她沉默。她的沉默让夜晚安静，安静得可以听见虫鸣，听见丝丝的风声，甚至还听到一两声狗叫。她说："这么重大的事，他也不征求我们的意见？"

"当初我们睡在一起的时候，你征求过你妈的意见吗？"

"讨厌。"她又用力掐他的大腿，他还是没喊痛，好像肌肉是塑料做的，和他已没血肉关系。她沉浸在想象中，呼吸变得越来越均匀，很快就睡着了。不知过了多久，她突然"嘿嘿"一笑。他睁开眼，天色已白。晨光从窗口射进来，照着她酣睡的脸庞。她竟然在梦中笑了，这是多少年都不曾发生过的美事。

有那么几日，他们忙于农活，把李堂的事暂时抛到脑后。小暑那天下午，他们决定休息。人一休息，脑袋就放空，脑袋一放空，许多事就奔涌而至。她说："李三层，你这个骗子，几天前我猜出了他们是怎么认识的，但你却没告诉我李堂为什么不开机。"

"那还得往下猜。"他说。

"凭什么？"她说。

"因为你没抓住机会。"

她转身进了卧室，开始收拾行李。他跟进来，问她想干什么，她说："既然电话打不通，就得亲自跑一趟，我想李堂了，也想提前看看儿媳妇。"

"他们不在城里，他们出门了。"他说。

"怎么会出门一个多月？而且还关机。"她一屁股坐在床上。

"因为他们要享受两人世界,不希望别人干扰。"他坐到她的旁边。

她用手指点他的脑门,"你呀你……真是个闷葫芦。这么好的事,为什么不一锅端?而像挤牙膏,挤一点,讲一点。"

"我要是一次讲完,今天就没的讲的了。什么事都是一个过程,讲慢点,短的显得长;讲快点,长的显得短。"

"他们去这么久,是出国旅游吗?"

"你猜。"

"猜你个头,再猜我就私奔。"

"可是,我已经给自己定了一个规矩,你不猜,我不讲。"他扭头看着窗口。

一只鸟飞来,落在窗台,好奇地看着他们,但几秒钟之后,它又飞走了。他们的目光追着那只鸟,那只鸟拐弯了,他们的目光没拐,而是直直地落到天边。天边,刚刚还洁白的云朵现在全变成了彩霞。落日悬在远山,像个句号。

"一个月,如果不是出国,那他们就是自驾或是徒步?"现在她才发觉不想猜只是表面现象,其实骨子里充满了好奇。

他摇头。

"难道是豪华游?"她问。

"差不多了。你想想游字的偏旁部首吧。"他提醒。

"三点水,他们是在水里吗?是坐轮船。"她预感自己找到了答案。

他点头。

"是不是在海上?"

他摇头。

她一拍大腿,"我想起来了,李堂好像在电话里说过,他要去看长江。"

他点点头。

"哈哈，我终于猜对了。"她高兴得像个刚刚考了一百分的小学生。

"他们定了一个豪华包间……"他忍不住。

"别，还是让我来猜吧。"她制止。

他看着她。她看着窗外。她满脸笑容，这个迟到的消息让她兴奋，激动，好像豪华游的不是李堂，而是她自己。她说："游费是马丽莲出的，李堂一个穷小子住不起豪华包间。这么说马丽莲真的喜欢我们家李堂，否则她舍不得花这么一笔大钱……"

"她对他好呀，一有空就给他按摩。"他说。

"还三天两头给他炖鸡汤。"她说。

"她给他买了好多好多名贵的衣服。"

"我知道了，上船之前，她肯定还是个处女。他们之所以要豪华游，就是想在船上入洞房。"她有一丝得意。

"你是怎么知道的？"他暗暗佩服她的想象力。

"我猜的。"

"八九不离十。"他说，"一天，船到了中游，两岸的山越来越好看，他们拿着手机来到船边自拍。自拍是什么你知道吗？"

她点点头，"就是举着一根长长的杆子给自己照相。"

"照了几张，马丽莲都不满意，她就坐到栏杆上。不巧，一阵强风刮来，船身一斜，马丽莲掉了下去……"

"啊……"她倒抽一口冷气，"快救她。"

"她在翻滚的江水里挣扎，不停地喊李堂李堂。她的头发乱了，衣服湿了，眼看就要沉下去了……"泪水盈满他的眼眶。

"快去救她呀，李堂。"她攥紧双手，仿佛就站在船边。

"采菊,情况这么紧急,你说救还是不救?"

"救,那么好的姑娘,如果不救,我们会一辈子良心不安。"

"我就知道你是个善良的人。"他抹了一把眼眶,"李堂也是个善良的人,他几乎没有犹豫,就咚地跳到江里去救她。可是李堂忘了,我们也忘了,他……他不会游泳呀!"说完,他放声大哭。

她一愣,身子一歪,往床上倒去。他双手接住,把她搂在怀里。他紧紧地搂住她,一直搂到深夜,她才醒来。醒来时,她长长地叹了一声,"天哪……你怎么不早说呀?你要是早说,我还能见儿子最后一面。"她一边哭一边捶打他的胸口。

"不瞒你说,因为台风,整条船都翻了,死的不光是我们家李堂。你要想开点,这是天灾,不是人祸。"

"那你为什么不让我去见他最后一面?"她继续捶打着他的胸口。

他一动不动,"几天之后,才把他们打捞上来,全都认不得谁是谁了,我怕你受不了刺激。"

"那马丽莲呢,她活着还是死了?"

"你猜吧,采菊……"

她的哭声停了一下,接着是更揪心的哭,"马、马丽莲根本就不存在?"

"对不起,采菊,我只不过是想减轻一点你的痛苦……"他的泪水滴落在她的泪水上。

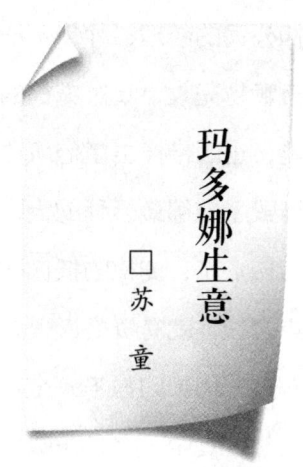

玛多娜生意

□ 苏 童

1

那些年，我也做过生意。

我和庞德合伙的鸢尾花广告公司开张了五个多月，人气很旺，庞德每天都在公司接待好几拨客人，咖啡机烧坏了两台，一次性纸杯用掉了好几箱，但我后来得知，并没有一份像样的合同，那些人都是来找庞德谈艺术的。有一个摇滚乐手喝啤酒喝醉了，捏着那玩意儿在公司里跑来跑去，对着每一盆植物撒尿，嘴里高喊，Come on！Come on！那些杜鹃、龟背竹、发财树不知所措，没几天，就一盆一盆地枯死了。

必须介绍一下庞德。他是我的朋友，一个业余诗人，一名音乐发烧友，本业则是美术设计，朋友圈公认他为最有艺术才华的人，但现在，他是我们公司的经理，才华不能挣钱，要它何用？大家可以想见我的恐慌，五个月颗粒无收，我对庞德的敬佩，已经变成了愤怒。我多次奚落了庞德的无能，也顺带抨击了他所热爱的一切事物，诗歌的酸腐、音乐的无用，甚至诋毁了庞德最崇拜的大师毕加索，说他不过是个色情狂。也许是类似的电话接多了，庞德的抵御非常理智，逻辑性很强，他说，我请问你，失去一点金钱，就有资格诋毁艺术吗？然后我听着他对经营的失败做出流利的辩解：一切都归咎于一个香港天皇巨星的爽约，朋友介绍来的合作伙伴极不可靠，其中一个是诈骗犯，还有一位洽谈户外广告的家具商人，竟然是目不识丁的文盲。后来不知怎么提到了公司的名称，他埋怨我们盲目听从一个女画家的建议，注册了鸢尾花这个倒霉的名字。鸢尾的花季很短很短，知道吗？梵·高画了鸢尾花就疯了，知道吗？现在可好，鸢尾的诅咒应验了，我也快被你们逼疯了。说到这里，他旧事重提，我本来是要叫南方草原的，记得吗？庞德大声嚷嚷，南方，草原，多么开阔多么好听的名字，是你们反对的。

那一阵子庞德还坚持续租太平洋酒店裙楼的写字间，悉数保留所有雇佣的员工，每天西装革履，开着他的桑塔纳轿车出没在太平洋酒店。他对人心惶惶的员工说，放心吧，苹果树上的最后一只苹果，一定是最红最甜的。有人告诉我，他女朋友桃子生日的那一天，他给桃子送去了九十九朵玫瑰，这让我怀疑他对浪漫与享乐的追求，会把公司账户上最后一点余额挥霍一空。我再一次打电话谴责了庞德，也就是那一次，庞德与我翻脸了。我听见庞德电话里的声音变得傲慢而尖锐，你那点钱，可以撤走，我根本不在乎。然后在一阵蓄意的沉默之后，他向我亮出一张底牌，令人难以置信。玛多娜，玛多娜你知道的吧？庞德清了清喉咙说，我透露一个消息给你，玛多娜要来了，我们的大生意，马上来了。

我在太平洋酒店的咖啡厅里看见了庞德。

他和一个陌生姑娘面对面坐着，喝咖啡，说话，耸肩膀。与以往一样，庞德与姑娘在一起的时候显得格外帅气，意气风发，耸肩的动作会极其频繁。我走过去的时候，他似乎忘了之前的不悦，很大度地向我介绍了身边的姑娘。深圳来的简玛丽小姐，玛多娜生意的合作伙伴。他这么说着，看我猜疑的表情，用胳膊肘捅了我一下，轻声补充道，简老大的侄女啊。

庞德嘴里的简老大，我当然知道是谁。所谓广告界的大鳄和教父，一个传奇的成功人士，白道黑道还有红道，路路皆通。我只是本能地怀疑这笔大生意的真实性，庞德社交生活的浮夸与芜杂，多少让我对这个陌生姑娘心存戒备。我记得很清楚，简玛丽当时没有站起来，似乎是回敬我多疑的眼神，她皱皱眉，将一只手懒懒地伸出来，让我握一下，明显是作为恩赐的。她将嘴里的咖啡渣吐在纸巾里，团了团扔在烟灰缸里，忿忿地说，这叫什么咖啡？瞟一眼远处的侍者，又宽宏大量了，说，什么样的地方做什么样的咖啡，不计较了。什么时候我带你去喜来登，那儿的蓝山咖啡，还算不错。

是一个时髦、高贵而且神秘的姑娘，穿皮裙，短靴，白衬衫。肤色微黑，脸形稍显方正，谈不上多么漂亮，但是，有某种说不出的动人之处。当她的面孔朝向庞德，眼神单纯清澈，微笑的时候，那一丝妩媚与羞怯，似乎还属于一个少女，偶尔目光朝我瞥过来，一切都不同，我从她的脸上发现某种明显的骄矜与冷酷之色，我相信那是刻意流露的，对我的多疑，她给予了必要的报复。

我其实插不上什么话。他们在热切地谈论玛多娜。她的音乐。她的舞台。她的造型和头发的颜色。甚至谈及她新婚的丈夫，一个英国导演，他最近拍了一部什么黑帮电影，杀人，杀得很浪漫。我急于打探玛多娜巡演的代理细节，庞德明确阻止了我，称现在我们还没有资格商谈细节，鸢尾花能否承接这笔生意，还要等简玛丽回到深圳再说，一切都要简老大决定。听起来这是可信的。我问简玛丽，简老大是你叔叔还是伯父？她抿了抿嘴唇，用征询的眼神看看庞德，庞德照例耸耸肩。她突然凌厉地看着我，你猜呢？我并没有从她眼睛里发现任何的虚弱，倒是看到一丝孩子气的调皮，我像庞德一样耸了耸肩，这怎么猜？她发出了突兀的一声冷笑，其实你猜得出的。然后她从包包里掏出一支口红，开始修补唇妆，问我，吕先生你听过玛多娜吗？我说我听过，就是一时不记得她唱了什么了。她斜睨我一眼，忽然灿烂地一笑，我知道你们这款男人最喜欢什么，《像一个处女》，你肯定喜欢吧？

玛多娜生意后来不了了之，这在我们很多人的预料之中。好在事情并未能向前推进，除了庞德陪同简玛丽去黄山和杭州的那点旅游费用，鸢尾花公司并没有什么损失。那个简玛丽究竟是不是骗子，暂时成了我们心底的一个悬念，难以追究。

朋友圈内有人在上海遇到过简老大，有幸与他攀谈了几句，自然问起了那笔玛多娜生意，回答是确有其事，只不过中间人太多，演出承包商那边的预付没有谈拢，生意最后黄了。后来问起简玛丽这个人，简老大矢口否认，说他从来没有什么侄女。大家对简老大浪漫的私生活都有所耳闻，身边美女如云，否认是侄女，并不排斥是其他什么人。简玛丽与简老大的关系尚待多方查考，那朋友只好自己找台阶下，说，一定是碰巧了，姓简的人不多，那姑娘恰好也姓简。

鸢尾花真的很快凋谢了，广告公司关了门。庞德愤怒了几天，又沮丧了一阵，最后一次去公司的办公室，他枯坐在办公桌前，对着一本画册发呆，手里把玩着一把美工刀。有人注意到那是梵·高割耳后的自画像，立刻引起了警惕，告诫他道，庞德你别想不开，公司开开关关很正常的，割了耳朵你怎么泡妞？割了耳朵你怎么听音乐？庞德说，别吵，我离发疯还早呢，我不过是在体会，什么是背叛，什么是悲伤。还好，庞德最后化悲痛为力量，他只是用美工刀在办公桌上刻了四个大字：壮志未酬。刻得缓慢艰难，因为是篆体的。之后他把美工刀扔在字纸篓里，扬长而去了。

　　有一段时间庞德销声匿迹。谁也找不到庞德，包括他的女友桃子。庞德向我们描述过他的好多人生计划，最惊人的莫过于去青海塔尔寺做喇嘛，其中并不包括失踪这一项。有人猜他是设法去美国了，那是他多年的梦想。但桃子说庞德被美国大使馆拒签了，无论是去拉斯维加斯听玛多娜的演唱会，还是去哈佛大学留学的计划，暂时都还是庞德的空想而已。

　　桃子是少年宫的琵琶老师，也是圈内公认的淑女，容貌酷肖邓丽君。之前庞德狂热地追求她，追了三年，还是个朦胧的恋人。桃子的父母嫌庞德浮夸不可靠，一直反对女儿的爱情。等到桃子终于说服了父母，准备谈婚论嫁，庞德却不告而别了。我们都同情桃子的境遇。她的生活已经习惯了两个内容：被庞德宠爱，孩子和琵琶。庞德不在，孩子和琵琶的陪伴便可有可无，桃子的生活彻底失去了平衡。她憔悴了许多，跑到庞德的所有朋友那里哭诉，言辞之间多少流露出对我们这班朋友的抱怨，是我们把庞德拉上一条贼船，现在船沉了，大家都不管他了。哭到伤心处，桃子要大家设法转告庞德一个限期，如果在六一儿童节之前不回来，她会抱着琵琶从少年宫的塔楼上跳下去。有点危言耸听，但桃子以满眼泪水告诉我们，那不是威胁。看着一个知书达理楚楚动人的淑女形象，转眼成为一堆绝望恐怖的碎片，大家都心痛，也感慨爱情的变幻无常。都说他们的爱情是一坛浓烈的蜂蜜，可是这坛蜂蜜居然就打翻了，打翻之后凝结成一把锋利的刀，连我们都被刺伤了。

寻找庞德，就这样成了一件人命关天的事，当然也成了我们这个朋友圈的义务。证券公司的小辛先找到了一丝线索。是一张用傻瓜相机随意拍下的照片，背景灯光紊乱刺眼，导致影像有点模糊，但还可以分辨出庞德那张意气风发的面孔。倚靠在他身边的那个外国女郎，银发红唇，艳光四射，引起了我们的一片惊叫，玛多娜玛多娜！那分明就是大家错失了的玛多娜。庞德真的去了美国吗，这么快，他就见到玛多娜了吗？

很快就冷静下来，不可能的。定下神来分析那个玛多娜，应该是一次模仿秀，一个替身而已。细看照片的一角，隐约可见庆祝什么股份公司上市的横幅标语。至于庞德身边的那个冒牌玛多娜，她眼神里放出的空茫而妖媚的气息，几可乱真，但仔细甄别容貌，应该是我们的同胞。是谁呢？有人说出了几个当红歌星的名字，而我当时就联想起了简玛丽，只是印象里的简玛丽脸形稍显方正，做玛多娜的替身，她的脸该怎么拉长呢？还有鼻梁和眼窝，是怎么化妆的呢？

后来的消息证实了我的直觉。那个玛多娜，是蛇口玛多娜，所谓蛇口玛多娜，其实就是简玛丽。我们寻找庞德的义务，就这样演变成对一个外地女孩的暗中调查。

很快就水落石出了。简玛丽的履历背景，不像庞德说得那么神秘，也不像我们猜想的那么简单。她最初是川东一个小城的歌舞团演员，跟着几个朋友南下深圳，成立了一个舞蹈团，专门为晚会伴舞。舞蹈团不久散了，朋友各奔东西，只有她留了下来，拜师学声乐。有很多深圳一带爱泡夜场的朋友，见过她狂放的歌舞，说她唱功一般，经常对口型，但舞台形象令人难忘，劲爆火辣，性感无敌，蛇口玛多娜这个艺名，对于简玛丽来说是恰如其分的，她确实住在蛇口。有人了解到的信息属于隐私，说简玛丽曾经被一个香港的中年地产商包养，有一次不知为何拿了一只高跟鞋追打那个香港人，从电梯追到公寓大堂，再追到停车场，邻居们看见她用高跟鞋将香港人的轿车玻璃砸出一个坑，光着脚提着鞋子往回走，对邻居说，这下有点爽了。所以，她在那幢公寓里又有个特殊的绰号，叫作有点爽。还有一些人在电视上见过简玛丽。她参加过很多选秀活动，也在几部电视剧里跑过龙套，甚至还经商，是一种韩国美容乳液的代理商。关于简玛丽的种种消息，我们最关心的是她的现状。她的现状简洁明晰，却没有人敢告诉桃子。

听说在深圳，简玛丽与庞德已经同居了。

2

五月将尽的时候，桃子的父母和庞德的兄嫂联袂去了趟深圳，把庞德押回来了。

不知道为什么，庞德如此归来，竟仍然给人衣锦还乡的感觉。他约了我们一帮老友见面，不在以前我们的聚点太平洋，而是在喜来登酒店的西餐厅，喝香槟，吃牛排，花销明显要贵很多。桃子也在，她很少说话，只是以一种悲伤的手势握着庞德的手，告知我们爱情失而复得的艰辛。庞德穿了一套奇怪的镶白边的黑色西装，当我们对他的西装表示出好奇，他不以为然，说，你们是穿惯冒牌货了，少见多怪，知道吗？阿玛尼的新款，从来都这么出位。我们又问他出位是什么意思，他懒得解释了，耸耸肩，给我们递上了新的名片。公司名字叫热带风暴演出经纪公司，他身兼三职，法人、董事长、总经理。有个朋友讽刺地说,庞德你在深圳就这三个职务?不止的吧?庞德倒是不介意,自嘲道,别的职务,名片上就不写了。他身边的桃子听出了话音,脸上乍然变色,大家就不忍心再拿庞德开涮了。无论如何,六一的隐患已经消除,他们的复合是一件好事,至少省却了朋友们的烦扰。

最初谁也不知道,简玛丽尾随庞德,一起回来了。庞德后来声称他对此毫不知情,那是否谎言,我们一时无法证实。只是在事情发生之后,我们很多人联想起桃子那天在喜来登西餐厅的奇遇,她不过是去了趟洗手间,白色长裙的裙摆上,居然被人用口红打了一个红色的大叉叉。

那天是六月五号了,照理说桃子的通牒已经失效,但她还是上了少年宫的塔楼。学习琵琶的孩子们说,有个金色头发的玛多娜阿姨一直在等桃子老师,后来庞德叔叔也来了,他们在课堂里听见庞德叔叔与玛多娜阿姨在外面争吵,等到孩子们跟随桃子出去,庞德叔叔已经不见了。当天的琵琶课程因此草草结束。孩子们看见桃子和玛多娜阿姨说着话,先是在草坪上,后来桃子老师就拿着琵琶往塔楼上走,那个玛多娜阿姨跟在她身后。

她们站在塔楼上,塔楼上有一面鲜艳的少先队队旗迎风飘展,她们就站在那面旗帜下面,为爱情交涉。两个人影,一个是黑色的,一个是蓝色的。孩子们听不清她们在塔楼上的交谈,只是目睹了黑色与蓝色长时间的对峙,突然,他们听见了玛多娜阿姨尖厉的声音,你跳啊,你跳我陪你跳!

孩子们看见他们的桃子老师扶着栏杆哭泣,看起来真的有跃身而下的危险。有聪明的孩子叫来了别的老师。书法老师先来了,据说他一直暗恋着桃子,他径直冲向了塔楼。随后少年宫的负责人严老师也来了,严老师不敢上去,她脸色煞白,嘴唇哆嗦着,向着塔楼质问,那位小姐,你从哪儿来?玛多娜阿姨回答,从地球上来。严老师跺了跺脚,又向桃子发出了严正的谴责,这是少年宫!看看你头顶的旗帜吧!桃子你别让爱情冲昏头脑,孩子们都看着你呢,当着孩子们的面,就在少先队队旗下面,你怎么敢?立刻下来!

桃子被书法老师扶下来的时候,一直用琵琶盒子遮着自己的面孔,很明显她不想让孩子们见到她崩溃的样子,但琵琶盒子遮掩不了她颤抖的身体。桃子的身体在颤抖,她不停地对孩子们说,对不起对不起,我太软弱了,不配做你们的老师。有个女孩上去扶住了桃子,出于一颗爱憎分明的心,女孩朝玛多娜阿姨啐了一口,你不是玛多娜,你是女魔鬼!

少年宫的人们都看着玛多娜阿姨。那天她黑衣黑裙,戴着两个硕大的贝壳耳环,脚踝上套了一圈彩色布条,布条上系了一只红色的铃铛。他们看见她皱起眉头,用纸巾擦去了女孩的唾沫。再抬起头来,她猩红的嘴角出现了一丝宽容的微笑。你那么小,还不懂玛多娜。她用手指在女孩脸上刮了一下,有时候玛多娜是仙女,有时候她就是魔鬼。

3

简玛丽就这样成了一个黑暗的传说。

六月发生的事情,让我们对庞德失望透顶,甚至无法确定他的归来,究竟是为了与桃子复合,还是为了与她做个了断,或者干脆相信,庞德到最后都没有拿定主意,他是需要桃子,还是需要简玛丽。对于庞德残存的友谊,迫使很多朋友向他晓以利害,告诉他简玛丽今天对桃子有多么冷酷,未来对你就有多么冷酷。庞德为简玛丽做出了辩护,你们不了解她。他说,她其实很善良。有人尖刻地问,跟一块石头比,还是跟一头狼比?他说,跟我们大家比。又说,跟我在一起的时候,你们不知道她是多么善良。这是可能的,因为爱情。大家没有反驳,他便来了精神,你们猜猜看,她收留了多少流浪猫?没人理睬,他自己回答,举起一个巴掌说,五只啊,她收留了五只流浪猫,一只叫白玛,还有一只叫花玛,跟我们睡在一起的。又期盼地看着大家,等待谁来提问白玛和花玛是什么意思,偏偏没人配合他,他只好自己解释,白玛是白猫,就是白色玛多娜的意思,花玛是一只花猫,花花玛多娜,懂了吧?看朋友们的表情充满讥讽,他无奈了,整了整领带总结道,我知道你们对她有偏见,你们不懂得爱,爱,是独占性的。告诉你们吧,是爱的独占性,才让她变得那么疯狂。

庞德留在了我们的身边。可以说,是在多种逼迫之下做出的选择,也许算是悬崖勒马,也许是出于对桃子剩余的爱,也许,仅仅是某种畏惧,他害怕桃子的以死相胁。不久之后,庞德与桃子举行了婚礼。桃子那天的打扮,以及她的一颦一笑,都酷似我们众人热爱的邓丽君。有个朋友注视着容光焕发的新娘,忽发感慨,说,毕竟是在我们的地盘上,看,邓丽君打败了玛多娜!

我们挽留了庞德,多少也为自己挽留了一些累赘。庞德的热带风暴公司还在,只是离开了简玛丽,也就离开了玛多娜,离开了玛多娜,他对自己能做什么陷入了空前的迷惘。他与桃子的婚房坐落在聋哑学校附近,有一天路过那里,他看见两个美丽的聋哑女孩在学校门口以手语激烈争论,忽发奇想,决定要组织一场聋哑人辩论大赛,让电视转播。必须承认,我们的朋友圈里不再有人愿意再与庞德合作,却有人还愿意赞美他的创意和智慧。庞德受到了鼓励,开始为此奔忙。聋哑学校方面倒是有兴趣借此推广他们的品牌,电视台也勉强承诺,可以先录一台节目,看看节目效果再说。关键是赞助商,要找一个愿意赞助聋哑人辩论的商家,很不容易。那一段时间里我们频频接到庞德的电话,记得最清楚的就是庞德沙哑而充满激情的声音,类似宣言,也好像是恫吓。会轰动的,这一次,商业效益跑不掉,社会效益无法估量,一定会轰动的,他说,你们现在敷衍我,到时后悔也来不及!

只剩下桃子陪着庞德,到处游说。那个做大理石生意的郝老板,我们原来都不认识,听说是桃子琵琶班上一个学员的父亲。庞德能够与郝老板签署赞助协议,是琵琶,或者说是弹琵琶的桃子立下了汗马功劳。庞德那一阵子去赴郝老板的饭局,总是带着桃子,或者说,是桃子带着庞德和琵琶,吃完饭,她照例要为满桌客人弹一曲《春江花月夜》。我们知道,那是桃子最擅长的琵琶曲。

电视台录制节目的前夕,我们很多人受到了庞德的邀请。为了见证庞德这次辉煌的起步,我也去了电视台的录播大厅。庞德忙得团团转,无暇顾及我们,只是匆匆地向我们介绍了郝老板。那是个胖胖的黑乎乎的福建男人,笑起来很憨厚,眼神里又透出几许精明。桃子陪着他,不知为什么,看起来并没有多少成功的喜悦,倒是心事重重的样子。

聚光灯下的聋哑孩子们在辩论一个关于爱与怜悯的主题,相信那是庞德的构想,对于孩子们来说有点难了,所以我不断地看到一个美丽的聋哑女孩忘记台词,急得要哭的样子,另一个男孩则情绪激烈,以旋风般的手语向对手发起攻击。我问旁边的人他说了些什么,原来那男孩在控诉对手不配谈爱与怜悯,昨天夜里他还被对手逼迫,喝了一杯尿液。突然,那男孩涨红了脸,以手做枪,扳动扳机,向对手做了个开枪的动作。下面一片哗然,有人不停地哄笑,我隐约听见庞德在摄影机那边大叫,红方红方!二辩住嘴!Cut!Cut!

桃子和郝老板静静地坐在一起，有点混乱的录像场面并没有影响他们的坐姿。他们的腿应该在一起，挨得近一些，无伤大雅。但是我无意中瞥见，他们的手在暗处交流。郝老板抓着桃子的手，尽管很快被桃子推开，但我相信，那不是我的幻觉。在郝老板与桃子之间，似乎已经发生了什么。我所不能确定的是，在桃子与庞德之间，到底发生了什么。这么快，桃子就决定背叛庞德吗？为了庞德，桃子背叛了庞德吗？他们之间那份以命相许的爱情，再一次让我陷入了疑惑之中。

庞德的聋哑学生辩论大赛在电视台播出了一期，紧急叫停了。有关部门认为节目导向不明，又涉及特殊人群，没有任何积极意义。庞德写了洋洋万言的申诉材料，奔波于各个部门，最终徒劳，不得不放弃了他的心血之作。之后他疝气发作，住进了医院。我们到医院去看他的时候，他有点委顿地总结了自己的得失，我跟官僚机构天生打不了交道，我还是适合做音乐。他说，你们知道吗，玛利亚·凯丽要到香港了！大家一下就都不说话了。庞德的眼睛放出光来，我过几天准备飞香港，去见见她的经纪人，我有个同学在纽约，认识那个经纪人。我们看他的眼神，等着他的下文，果然他的声音开始变得神秘，那个经纪人对中国市场很有兴趣啊，这是个好机会，你们有兴趣吗？

我们因此提前离开了庞德的病房。在走廊上，我们遇见了桃子。桃子一脸倦容地提着她的琵琶，说是刚刚去乐器行给琵琶换了弦。我们问她是否要跟庞德一起去香港。她露出一丝哀婉的微笑，还去香港呢，机票都买不起了。现在都是我在挣钱养家。她突然拨响了琵琶，拨出一声刺耳的杂音，我现在，上门给学生做家教啊！

4

那年冬天多雪。

庞德在一个雪夜不约而至，敲响了我家的门。一定是临时起意，我注意到他只穿着毛衣和睡裤，满身雪花，看见我他的手举起来，亮出一只料酒瓶子，你看，我家里的料酒都喝光了。他说，现在没地方买酒，你借我一瓶酒。

他的眼神是破碎的，走路的脚步已经踉跄。我把他扶进屋子的时候，他很感恩，忽然在我脸上亲了一下，喷出一嘴酒气。他说，还是朋友好，只有友谊，可以天长地久。

其实我猜到发生了什么，桃子去为郝老板的女儿做家教，做出了些意外的插曲，庞德与桃子分居多日，朋友圈里已经有所耳闻。大家没有想到的是，庞德悬崖勒马，桃子变了心。听说郝老板的妻子曾经找到少年宫去，不知为何，最终也跑到了少年宫的塔楼上。桃子跟着那女人，与她并排站在一起，桃子说，你想想好要不要跳，要跳就数一二三，我陪你跳。这件事听起来很像谣言，桃子这么快就变成了简玛丽，谁也不敢轻信，但有人认识少年宫那个美术老师，按照他吞吞吐吐的口径来推敲，似乎那是真的。

我不知道该怎么开导庞德。我们坐下喝酒。他不说话，指指喉咙，捂捂胸口，意思是嗓子哑了，心碎了。我害怕他跟我谈论他的婚姻危机，试探道，你喝成这样，我们还是谈谈诗歌谈谈音乐吧，要不谈谈毕加索也行。

他目光炯炯地审视着我，看透了我的畏惧，忽然发出一声尖锐的冷笑，诗歌，是狗屁。音乐，也是狗屁。顿了一下，打了个嗝，他哑着嗓子说，毕加索算老几？他不过是艺术的男妓。

我几乎要笑，不忍心，打岔道，玛多娜呢？玛利亚·凯丽呢？她们是什么？

他想了想，没有再贸然羞辱他曾经的偶像，只是坚定地摇着头，我现在不听她们了，一个太商业，一个太肤浅了。他说着从毛衣里挖出一张CD来，你可以放一下听听，震撼，震撼，我现在天天听这个，听一下，心情就好多了。

是一张黑色封面的进口CD，银色的骷髅头长了两片鲜艳的红唇。我不认识那一排花哨的洋文。庞德介绍道，骷髅玫瑰乐队，曼哈顿的地下摇滚。我好奇地把CD放进音响，先听见一阵阵呻吟，伴随着玻璃碎裂汽车奔驰和推土机打桩机的噪声，然后各种电声乐器涌入，夹杂着一个女声疯狂的尖叫。正值夜深人静时分，我赶紧把CD退出来，问庞德，谁给你的CD？吵死人了。他的脸上又出现了我所熟悉的神秘表情，你猜。我照例不猜。他说，是简玛丽给我的，她现在在纽约。又问，你知道那女主唱是谁？我摇头。他说，听不出来？就是简玛丽啊！她的乐队，键盘，吉他，贝斯，鼓手，不是白人就是黑人！他们去过黑暗厨房演出，黑暗厨房你听说过的吧？简玛丽现在不跳舞，做地下摇滚，成功了！

我知道简玛丽去了纽约。我以为她是去寻找玛多娜的，预计她暂时会在一家中餐馆或者服装厂洗衣店打工。庞德嘴里简玛丽的成功，我凭本能觉得可疑。然而，庞德不容我对简玛丽的成功提出任何质疑，他捏着拳头捶了下大腿，我错过了她，我说过只要给我五年时间，我就会把她打造成国际巨星，你们都不相信我。庞德说着说着伤感起来，抱住头说，我错过了她。也错过了我自己的幸福，我不怪你们，怪我自己被绑架了。我一惊,谁绑架你了?他忿忿地看着我,突然吼道,道德!还有你们这帮虚伪的朋友!你们利用了我的善良!然后是他所擅长的自问自答环节,善良是什么东西,你知道吗?他说,告诉你们吧,善良,是个最大最臭的道德狗屁!

窗外大雪飘飞。我想象此刻纽约的街道上说不定也在下雪,此刻的简玛丽会在做什么,我头脑里却一片空白。我与简玛丽匆匆一面的印象已经模糊,说起简玛丽,我眼前浮现的竟然都是玛多娜且歌且舞的样子,有点吵,有点窒息,但某种妖娆的挑逗隔空而来。真的有点奇怪,一个川东姑娘,就这样以玛多娜的形象驻扎在我记忆里了。

那个雪夜庞德留宿在我家里。他酒醉严重,去卫生间吐了两次。第一次呕吐的间隙,他还清醒,向我透露了下一个人生计划,说他在等简玛丽的绿卡,她有了绿卡,他就可以去美国了。第二次呕吐很厉害,庞德抱住马桶,流出了眼泪。他抱着马桶哭泣,有点胡言乱语了,他说他恨不能从马桶里钻到美国去,要是可以钻过去,简玛丽一定会在下水道的出口等他。

5

现在看来,庞德的去国之路,其遥远程度堪比丝绸之路。简玛丽的绿卡遥遥无期,而庞德等不及了。是一个旅行社的朋友替他安排了一条漫长而诡谲的路线。他先去了云南,从云南去了越南,从越南去了澳大利亚。按照他们事先的计划,最终还是要越过太平洋,目的地确定不变,是美国。

大多数朋友都收到过庞德在悉尼歌剧院门口的照片,是与卡拉扬的演出广告合影,他说他听了卡拉扬的音乐会,无比震撼,还将去听瓦格纳的歌剧《尼伯龙根的指环》，必将更加震撼。这如果是真的，当然令人羡慕，只可惜无从证明。悉尼有我们的朋友。最初我们听到他的消息，大抵是找工作找住房之类的琐事，庞德没少去麻烦别人，后来便失去他的音讯了。大家以为他是设法去了美国，后来知道，庞德没有能去美国，不清楚是他无能，还是简玛丽那边的变故，他瞒着悉尼的朋友，去了新西兰，到一家葡萄园摘葡萄去了。

没有人料到他在新西兰摘葡萄，摘了那么多年。也是葡萄，后来与庞德结下了不解之缘。大约是五年之后的一个夏天，朋友圈里纷纷得知一个消息，庞德回来了，兜里揣着一本新西兰护照。他以一个葡萄酒酒庄经理的名义回来，回来开拓营销市场，顺便邀约了过去的朋友，参加一个品酒会。

五年后的庞德依然相貌堂堂，衣着考究，我们想象的艰辛与沧桑在他的脸上并没有留下多少痕迹，只是白色的紧身西裤夸大了他的肚腩，看起来是发福了。他向我们展示了几款葡萄酒，不停地说着单宁、甜度、果香、黑品诺之类的词汇，我们都听不懂，只是注意到席间有个戴耳环的白人男子，看起来四十岁左右的样子，忙着招呼几个洋人，不时与庞德传递眼神，热烈，多义，还有点诡秘。我们都察觉到他与庞德之间关系亲密，悄悄打听他的身份，庞德说，他是杰克，伟大的酿酒师啊。庞德忽然笑了，笑得有点腼腆，大家都看着他，不明白他笑什么，然后我们就听见庞德压低声音说，他妈的，我明明是一串西拉，被他酿成了一杯夏多内！

我们都对葡萄酒一无所知，也就没有人听得懂庞德隐晦而真诚的告白。庞德的美国梦，他自己已经放下，我却记得清楚。我想起那个雪夜庞德的誓言，忍不住追问他，这些年来，你究竟去没去纽约，见没见过简玛丽？他叹口气说，去了，见了，人家已经是两个孩子的妈妈。我问他简玛丽嫁给了什么人，他说，谁也没嫁，一个女孩，是跟白人的混血，一个男孩，是跟黑人的混血。我一时默然，问，现在呢，她会不会还在等你？他又耸肩，做了个天知道的动作。我试探庞德，你为什么还是单身，你还在等她吗？他发出一种短促而夸张的笑声，不知道是对我的愚蠢表示轻蔑，还是表示感伤。你知道我在等谁吗？他的笑容很快变得狡黠起来，瞥一眼远处杰克的身影，打了个响指，告诉你，我和杰克在等李嘉诚，李嘉诚已经收购了我们隔壁的酒庄，我们在等他收购我的酒庄。又晃了一下手里的酒杯，你看我们的酒，这酒体，这果香！庞德说，都是黑品诺，都在玛尔堡，我们不比他们差啊！

庞德与简玛丽依然隔着太平洋，天各一方。他们之间，似乎还刻意保留着朋友关系。两年前的一个春天，我忽然接到庞德打来的电话，说简玛丽要带着孩子回国探亲旅游，会在我们这个城市停留，他要我们几个朋友替他招待一下简玛丽。坦率地说，大家都想看看这个传奇的简玛丽，现在是怎样的一位母亲，朋友们都一口应允，为了纪念大家的相识，也为了向一个破碎的爱情故事致意，我们特意将他们安排在太平洋酒店。

我们请简玛丽一家吃饭。简玛丽带着两个混血孩子，姗姗而来。她那天穿了件白色镶嵌蓝边的旗袍，头发恢复了黑色，盘成一个复古的圆髻，她的脸被很厚的粉底罩住，口红很重，岁月的痕迹被谨慎地涂抹之后，看起来很像是三十年代的烟草广告女郎。有人这么直白地说出自己的感受，她淡然一笑，说，我的打扮很正常啊，现在纽约流行复古风。

我带去的葡萄酒来自庞德的酒庄。她瞥一眼酒瓶就猜到了，说，基佬酿的酒，味道都很复杂，我要多喝一点。果然就喝了不少，人也显得松弛了。席间不知是谁提起了桃子，被人在桌子底下踢了脚。没想到她倒坦然，主动问，听说桃子后来嫁给一个大富翁了？听说有几个亿？大家猜到是庞德夸大其词了，在任何时候，我们都需要掩护庞德的虚荣心，没有人轻率地接茬，简玛丽也没有再追问下去。庞德酿造的葡萄酒在她身上起了奇妙的效用，她勤于回忆往事，又毫无保留地披露她在纽约的生活。是她自己主动提起了少年宫塔楼上的那件往事。说到跳楼，真的没什么大不了的。我在曼哈顿，差点也要跳，三十七层的大厦啊，比少年宫那塔楼高多了。她这么说着，诚恳地看着我们，我不光是为了爱情，也是为了房租，为了，为了——心碎。她艰难地选择了心碎这个词汇，眼睛里忽然闪烁出一丝泪光，我都已经写好遗书了，我已经走到楼顶了，知道是谁救了我吗？空气骤然紧绷，大家都紧张地看着她，猜测她要宣布的人选，我记得我当时思维偏向电影化，脑子里跳出的是玛多娜，而我注意到对面小辛的嘴型，他明显轻轻吐出了庞德的名字。简玛丽抿了一口酒，以莞尔一笑，原谅了我们的轻浮或愚昧。别猜了，你们猜不到的。她突然用手指着她的混血女儿，是露西亚，露西亚那年才五岁，她穿着睡衣追到楼顶上来了，她对我说，妈咪你别丢下我，我陪你跳，你抱着我，我们一起跳。

一时满桌静默，谁也不敢说话，大家的目光都聚焦在露西亚脸上。露西亚是一个美丽的混血女孩，腿很长，头发是亚麻色的，眼睛有一点点发蓝。我们很少见到蓝眼睛，难以定义露西亚的眼神，它流露的究竟是纯真还是早熟，是羞怯还是无畏。她正与弟弟一起玩游戏机，这时候抬起头，以一种谴责的目光看了看她母亲，她用英语说，妈咪，你喝多了。我不准你再说话了。

简玛丽吐了下舌头，果然不说话了。为了调节气氛，有人小心地与露西亚搭讪，露西亚，小美人，你喜欢玛多娜吗？

露西亚摇了摇头，说，不喜欢，玛多娜早就过时了。

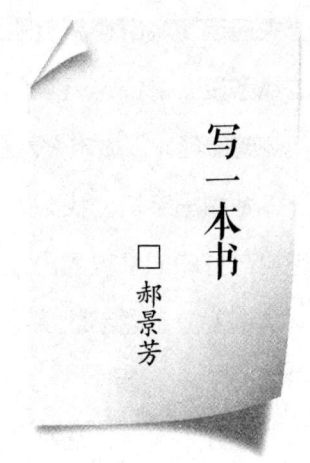

写一本书

□ 郝景芳

母亲坐车离开后,叶阑站在十字路口,犹豫要不要给姐姐打电话。

在刚刚的两个小时里,阿阑经历了非常不愉快的一段过程。先是母亲带她去看新楼盘,反复讲涨房价。然后是一顿午饭,和母亲的几个老同学吃,席间少不了自我贬低与相互恭维,自我贬低子女和相互恭维子女。阿阑又被母亲说了几次"这孩子没天分,又不知道上进",然后听了几次"别人家孩子"的故事,不外乎是工作家庭双重稳定。阿阑冷冷地听着,心里一直在数数。1,2,3……45,换了话题。1,2,3……85,又换了话题。

她想着母亲给她计算的数字,2003年如果买一套房子,2007年卖了换大的,2010年再卖了,买个更大的到今年,能涨几十倍,换一个两千多万豪宅,这是多么不可思议的数字关系。她几乎想以此写一个故事了。

人流从她身边经过,分流向两边走去。仰头看高架桥,对岸的绿灯看上去遥远。城市在灰色的天空下露出森严的内核，玻璃墙俯瞰人间，笔直的线条没有修饰，黑蓝色立方楼体，上端和阴霾的天空融为一体，下端向两侧磅礴延伸。城市之网在头顶悬浮，越压越低。

她掏出手机，找到姐姐的电话，犹豫着，不知道该不该打。她把手机里自己打印的书稿翻出来看。她想把书稿给姐姐看，求一个评价。只是越到关键时分，越不敢拿出来。人流从她的两侧分开又合拢，她用耳机给自己制造了一个泡泡。

她并不满意，从第二章开始就有些欠妥。主题并不吸引人，有一点平庸，前面显得繁复啰唆，后面又跳跃得太快。她翻着翻着就有些羞赧，几乎想随手扔在路边，但不知为什么，她不但没有动手，还鬼使神差地拨了姐姐的电话。她看着号码拨出，想挂断，却没有挂断。她是有一点不好意思拿出来，但是更不甘心不拿出来。

"姐姐，你今天下午在家吗？我能去一趟吗？"

"阑阑，是你啊！好啊！"姐姐的声音听起来欢愉，有一点惊讶，有温和笑意从听筒里溢出来，"好久不见了，你来吧。"

公车穿过城市，阿阑坐在窗口。

阿阑想起一年前和母亲第一次斩钉截铁。她那么多年，就勇敢过那么一次。省城嘈杂的购物中心五层，大排档美食中心，她在母亲端来虾仁馄饨和炒面之后尚未坐稳之时，就脱口而出："我要去北京找姐姐。"美食中心的广播和麻辣烫的气味掩盖住她的胆怯和母亲的错愕。她很后悔自己没有在高三的时候有勇气说出这句话，以至于大学只在省城度过。她在人生的前二十年有太多次想和母亲说：我要——，可是最后总是点点头说：好的，妈妈。

那一天到今天，已经过去快一年了。她到北京安顿，辗转奔波，租房子，去她书里看过的地方转，只是仍然没见到姐姐。

阿阑坐在座位上，想起除夕那天下午她一个人出门坐公车，从五环到二环，只花了不到半个小时，呼啸而过的马路，灰色的天空。室友提早回家了，其他在京的同学朋友也都走了。这个世界仿佛就剩下了她一个人。她春节假期没有回家，留在房间里写小说。那时她经常想起《人性的枷锁》中在巴黎自杀的学画女孩；想起毛姆的另一个短篇，有热情但没才能的在慕尼黑学钢琴的男孩；想起《青春》，在伦敦工作之后写不出一篇小说的男孩；想起库普林写过的故事，很有天赋却堕落得靠乞讨为生的油画学生。

她想起中学的时候坐在操场上，和室友一起读书。她们在跑道边上的铁架子看台上坐着，看细沙跑道上的学生一圈一圈循环。她们读喜欢的书，交换对喜欢的作者的看法。在她们的膝盖上，一直有姐姐的书。狂野、不羁、叛逆的青春和诗歌、曲调、酒精混杂的朋克生活。姐姐的笔调灵动而无章法，年少成名的桀骜不驯和目中无人，那么令人向往。阿阑羡慕姐姐，又有几分自豪。她们是姑表姐妹，很近的表亲，从小一起长大。她也希望像姐姐那样写一本书。

她想起记忆中的金色湖水，想起许愿时的冲动和每每试图放弃时的不甘心。想起大学时日复一日读书，从图书馆出来，绕着操场一圈一圈走，一个方向能被太阳照亮，跑道泛光，另一个方向看到清晰的阴影。冬天下了雪，雪地里只踩出她一个人的脚印，阳光照在雪上，整个世界化为影子。那时候她的心里多么静，抱着雪地一般无人知晓的愿望。

阿阑忍不住从随身包里把打印的书稿拿出来。她一直想找时间修改，却一直都没有头绪。《金色湖水》，打印的黑体字仓皇简陋地印在蓝色封面上。她翻开第一章的某个段落："她小时候也是喜欢游泳的，在她还小、姐姐已经不那么小的时候。她曾经跟着姐姐和姐姐的朋友们去游泳，因为还小，没有什么可羞涩的。看着姐姐修长的身体，那已经微微蓬勃而有了线条的身体，在燥热的夏日阳光里，在湖边嬉戏。姐姐游得很好，不像这个世界的生物，而是在这个世界和另一个世界自由穿梭的生物，一会儿消失不见，一会儿又出现在任意角落。金色的水面一会儿平静得没有一丝涟漪，一会儿又突然爆破开，只见到一个女孩钻出水面，身体矫捷，线条悠长，饱满湿润，几步攀缘，爬到湖边山下的一块大石头上，朝大家挥手笑。有时候打水仗，姐姐还穿着裙子就掉到水里，就穿着裙子接着游。上岸的时候裙子包裹身体，姐姐就躺在石头上吃雪糕等它晒干。她在湖边的角落里看着。姐姐不怕和任何男生打水仗。她和他们对战，有时也拥抱或接吻。六月阳光总是潮湿的，柔亮而潮湿。"

她知道她放不下。微弱的希望像一点光，在风中摇曳，忽明忽灭。

站在姐姐家的门厅，阿阑静静打量着房间。这是她第一次来姐姐家。

房子是联排别墅的三四层，精装修，小区里有大片竹林和小桥流水。

姐姐刚才在电话里跟她笑道，新居很没品，开发商装得千篇一律跟住旅馆似的。阿阑站在门厅看着，觉得很好，并没有姐姐形容的那么糟糕，暗金色电视墙，顶天立地的玻璃隔断，沙发是很厚很软的那种，摆满了胡乱丢的绸布垫子，沙发后有棕色绢花，墙上是抽象画。

阿阑站在脚垫上，彷徨，不知道下一步该干什么。一个年轻男人来到客厅。很高，瘦长脸型，头发立着，眼睛不大，横平的眼型，但眼神有光，微带笑意。

年轻男人和人有自来熟的本领，并没有寒暄，直接给阿阑拿了拖鞋，问："堵车吗？小区还好找吗？"

姐姐在厨房里，瘦了，似乎稍稍黑了一点，看上去健康，穿一件黑色吊带背心和蓝色的长衫，长衫下摆一摇一摇，从身后看去，极显腰身窈窕。姐姐向阿阑粲然一笑。

"皓明今天晚上有事，要早点走，"姐姐说，"给他随便弄点吃的，咱俩慢慢吃。"

这是阿阑第一次见到姐夫，比她想象的干练精明得多。

阿阑进入厨房帮忙。姐姐说姐夫比她大两岁，之前在美国留学，在华尔街工作了两年，从高盛纽约派到英国参加培训，姐姐参加了他们的结业舞会，姐姐弹吉他唱歌，两人由此认识了。之后英美两国之间飞来飞去几次，很快结婚。

两个人说着，姐姐开始切洋葱，一边切，一边讲。阿阑的眼睛被洋葱香刺激出了眼泪。芝士凤尾虾，先融化黄油，再加入奶酪，半融化状态放入虾和洋葱，加白葡萄酒烹煮。上桌之前再加奶酪略微烤一下。剔骨牛排，前一天晚上就用盐与胡椒腌好，煎锅要热，煎的时候要加红酒，洋葱和蘑菇加蜜汁炒成配菜。

餐桌上有细白的瓷餐盘，银色手感很沉的刀叉，雕花的铜烛台，五只长蜡烛，与高脚杯形状很像。姐夫拿来一瓶白葡萄酒，给三个人都斟上。

"皓明、阑阑。阑阑、皓明。"姐姐笑着左右摆手，算是正式做了介绍。

阿阑尝了尝杯子里的液体，不觉得好喝。姐夫却赞了一声，姐姐也点了点头。第一道菜是蟹肉沙拉，配碎面包。阿阑看姐姐先动手盛了，自己才效仿着动手。吃了两块面包还想拿，姐姐却止住她，站起身来，将吃得差不多的沙拉撤掉了，把三个人的刀叉和小盘子也撤去了。很快又摆出了更大的刀叉和餐盘，并把刚才的虾和牛排端来，让阿阑先盛。阿阑小心地盛了蘑菇和洋葱。瓷器看上去陌生而脆弱。

阿阑高三的时候来过北京一次，当时姐姐已经大四了。

阿阑那年参加了姐姐和朋友的读书会。大学的阶梯教室，不大，人也很少。姐姐和朋友轮流读他们选出来的诗，也有人读自己写的诗。有一个男生读了姐姐的作品，姐姐不以为意，但阿阑心里是骄傲的。她坐在教室背后，台上的人说着一些神秘的话。教室的窗口外有遮住阳光的爬山虎叶子。

读书会后，她跟姐姐去看演唱会，在一条铁路边的一个院子，顺着铁路走荒僻的小径。很破旧的宅子，地上摆满装碟的纸箱子，墙壁水泥剥落，裸露着砖头，贴着各种乐队的海报。演出开始之前，吉他和线缠绕着休息，乐手在吃方便面。有的人抽着烟，有的人躺在小沙发上翘脚晃，有人一边喝酒一边聊最近来的新碟真牛逼。阿阑就坐在后面，悄无声息看着。他们不怎么注意到她，烟雾缭绕中，未来在舌头上仿佛触手可及，无限远的未来。

事后过了很多年，阿阑仍能在梦里看到那个地方，看到姐姐在铁道边奔跑，一边跑一边回头叫她。她也跟着跑。阳光晕眩地晃在她的眼前，墙边的爬山虎叶子一闪一闪。

铁道、院子、酒瓶、海报。风在耳边缭绕。

再往以前，是高一。

阿阑还能回忆起来姐姐那年夏天给她读书的样子。当时姐姐放暑假，去她家玩。姐姐读的不是她自己的书，而是她们系现代文学林教授的书。那本书很动人，姐姐坐在窗口，声音平稳好听，窗外是深秋散逸浓郁香气的桂花。姐姐常给阿阑讲她们教授的事，讲他们上课的事，讲她读的书。阿阑喜欢听。姐姐还会给她读卡夫卡和福克纳，她说这两个人的书有力量，有相同又相反的力量。哦，班吉明我那苦命的孩子。

姐姐说，好的小说家是这个世界的创造者。

写一本书

阿阑想留在北京。她从没想过在这里买房子，那是多昂贵的事物。她只想要一个阁楼。姐姐前两年去伦敦留学，她记得姐姐说过，在伦敦，很多人都租阁楼住，城里都是几百年的老建筑，都是人家家族遗产或者整栋楼买下来的，没有人轻易卖，居住者都只能租。姐姐说她英国导师年轻的时候曾在城里租了十多年房子，直到第三个女儿出生，才在郊外买了一套房子。

姐姐说伦敦（20世纪90年代英国著名摇滚乐队）很好玩，南岸有好多好玩的艺人，伦敦的骨子里有股闷骚，就是Suede那种闷骚范儿。泰晤士河雨过天晴的时候最好看，塔桥都是金色的。姐姐在英国搬过好几次家，和中国人住过，也和英国老太太住过。姐姐说她喜欢搬家，她说每一次坐着搬家公司的车，又突突突地开往下一个目的地，她就觉得一种全新的生活在眼前豁然展开了。

姐姐说四海为家，风是唯一的伴侣。

恍然间，那已经是很久以前的事情了。

姐姐一直聊家常，问阿阑家里的事、学校的事，问她是不是恋爱了，是不是考研了？

"姐，"阿阑问，"你现在做什么呢？"

"我啊？在一家投资公司，做文化产业。"姐姐说得干脆利落。

"你去做金融了？"阿阑惊讶道。

"嗨，也不算，就是投投影视剧，看看项目。也没什么正经的，瞎闹。"

"那你现在自己也做电影吗？"

"我？"姐姐笑笑，"我可不做。现在国内做电影的没几个靠谱的，都是一窝蜂。我才不要凑热闹。"

皓明这个时候凑热闹，打趣道："说得跟自己多清高似的。你不愿意凑热闹，那上个月谈 IP 的时候怎么不见你推辞？"

"我那是了解了解行情。"姐姐也不恼，似乎类似的打趣随时随地都在发生，"不了解行情，以后怎么去跟别人谈？上礼拜那公司，明显就不靠谱，大股东就是个钢铁厂的老板，现在有闲钱了，拉出来做个基金，想捧自己手底下那俩姑娘。我能跟他们签吗？"

"那你跟他们谈了多少？"

"没多少，几十万吧。也就一个短篇。"姐姐轻描淡写地说。阿阑注视着姐姐的眉眼，想从中读出情绪，她想知道让自己这么震惊的数字是否对于姐姐真的不值一提。"他们承诺给一些公司股权，我不同意，要影视收益分红，他们说再想想。"

"哎，你说到这个我想起来了，"皓明把盘子里剩下的两个虾分给阿阑和姐姐，然后提起了一个网络上的超级红文，"据说那个大 IP 整体卖了快一个亿？"

姐姐嚼完嘴里的牛排说："没有一个亿那么夸张，但几千万是有的。也正常。这么大的 IP，多少粉丝呢。你看上礼拜，有个网上征文比赛的第一名，一个短篇，也卖了一百万。我看了一下真没什么的。"

说到这里三个人静下来。突然的一个气口，只听得刀叉相碰的叮咚声和刀子划过盘面，于是三个人都更加意识到谈话的中断。姐姐停下来看着阿阑，歪着头想了想，似乎想要重新寻找一个开始的话题。空气有一点凝滞。阿阑感觉自己也有责任。

阿阑小心地开口道："姐，我前一段时间去你们学校旁听过课。"

"哦？"姐姐显得很有兴趣，"什么课？"

"西方现代文学。你们系林老师讲的。"

"啊，林老师啊，我超级喜欢他。"姐姐放下叉子，看上去很高兴。

"嗯，我知道啊，"阿阑说，"他说话好幽默。他又讲到那句'就是为你开的'了，果然很震撼。"

"什么'就是为你开的'？"

"卡夫卡的《法律》啊，还是你给我讲的呢。"

"哦？是吗？我都忘了。"

皓明笑了，又打趣道："还想当文艺女青年，露馅了吧。"

"讨厌！谁是文艺女青年！"姐姐轻捶了皓明手臂一下，"你这个二逼男青年少说我。"

阿阑低下头。她不知道是什么地方出了问题，是姐姐的问题，还是她的问题。也许什么地方都没有问题，是她觉得有问题这件事有问题。她不说话了，用刀子费力地切一小块牛筋。姐姐和姐夫谈了一会儿影视公司估值，又谈股市，谈新三板融资的可能性。

过了一会儿，皓明不吃了，站起来，从姐姐身后经过，俯身低头，凑近姐姐脸庞，姐姐很自然地抬头，两人轻吻了一下，又相互笑了一下。整个过程流畅自然，简单得像是两个人都只是下意识。阿阑却突然有点脸红。

皓明在门口换鞋，对着穿衣镜正了正领带。姐姐趁这当口对姐夫说："皓明，你最近闲的时候帮阑阑留意一下工作的事吧，你也不必刻意，就顺便问问，你们公司或者你同学那儿谁要招人，就帮阑阑递个简历，她本科学工商管理，一般财务什么的应该也能做。"

OK。皓明比了个手势。

"就不陪你们了，"皓明出门前笑着说，"你跟你姐好好聊，不行就住这儿，客房还空着。"

他的背影有一种义无反顾的力量。关上的门给房间带来气流的冲击，一时间安静无比。钟表指针连成一条线，似乎从疯狂的转动中突然停下来，像是给时光画上一条截然的分割。阿阑松了口气，又似乎更僵硬了。有片刻时光，她和姐姐都没有说话。她不知道姐姐为什么要说那些话，也不知道自己该说什么。然而她似乎必须说些什么，一切似乎都等着她开口。她想谈谈她的小说，可是无从谈起。

"姐，我有些话想说……"

"嗯，你说。"姐姐微微笑笑。

"找工作的事，我想……还是不用麻烦姐夫了。"

姐姐没回答，却反问她："你知道我为什么跟你姐夫说吗？"她伸过手轻轻拍了拍阿阑的手，顿了顿，然后说，"今天你说你来，我就给你妈妈打了电话……"

"我妈？"阿阑放下刀叉。

姐姐没有抬眼睛，继续用平稳的语调说："你妈妈让我帮你留意一下，看有没有合适的工作，早点定下来，也好谈朋友。还问我有没有合适的男生给你介绍一下，也让我劝劝你，早点安定了，把工作家庭的事情安顿好了，有什么爱好再发展也不迟。"

阿阑沉默了。母亲的叮咛仿佛一道无形的烟尘竖起来，让距离一瞬间变得无限遥远。

好一会儿，阿阑问："你说什么？"

"我说好的。"姐姐顿了顿又说，"我确实觉得你妈妈说的有道理。"

姐姐特意笑了笑，她或许希望阿阑也笑笑。但阿阑没有笑。两个人都沉默了。刀叉切在盘子上都有些潦草。余下的菜很快吃完了，阿阑也不记得味道。姐姐撤了刀叉盘子，又端上来焦糖布丁。柔软得像心事一样的布丁，甜得令人不敢碰的焦糖。吃过甜品还有水果。姐姐点了根烟，冲了杯咖啡，问阿阑要不要，阿阑说不要。姐姐抽烟的样子一点都没变，仍然是拿得远远的，就像是拿一支笔或者一根筷子。那个姿势似乎是连接过去与现在的唯一支点。烟圈轻盈地飘荡到空中，在两个人头上萦绕。有两次姐姐坐直了身子，弹了弹烟灰，似乎想说些什么。

最后还是阿阑开口了："姐，我最近也写了一本书。"

"哦，是吗？什么书？"

"一本小说。"阿阑借着未消的最后一丝冲动把书稿拿出来，"一个长篇。刚写好。想给你看看，求一些指点。"

"好呀，我看看。"姐姐说，"阑阑也写书了，真不错，我一定好好看看。不过你着急吗？我可能得下个月再看了，过几天出差一圈。"

"不急不急，"阿阑急忙说，"不知道你还有没有认识的出版社编辑……"

"有。我回头给你发几个联系方式。"

又静下来。阿阑觉得一切都似乎很对，又一切都不对。

"姐，你最近写什么呢？"

"我？"姐姐摇摇头，"最近什么都没写。早就不写了。"

"你……太忙了吧？"

"嗯，"姐姐想了想又说，"不过也不是。没什么意思。"

姐姐的话淡淡的，不带强烈的情绪。阿阑低下头。初春暖气已停，气温仍然未升，夜晚越来越冷，仿佛有隆冬的温度。阿阑不自觉地抱紧了双臂，手指轻轻地扣进皮肤。姐姐燃尽一根烟，又点燃一根。阿阑不禁想起姐姐本科时玩乐队，做主唱，在摇滚音乐会结束之后，也总是这样，不说话，一根一根抽烟，眼影会在眼睛周围晕开成黑色的一圈。

姐姐的最后一支烟，细长而没有味道。这是姐姐少年时绝不碰，而且会嘲笑的女士烟，洁白精细，无烟。姐姐轻轻抽了一口，然后将烟交在左手，轻轻用右手抚过阿阑的头发。

"其实呢，"姐姐终于开口了，阿阑不由得有点紧张，"阑阑啊，……"

就在这时，姐姐的手机忽然响了。姐姐歉意地笑了一下，掐了烟，接起来。是姐夫。

"……嗯，对……是Chanel，黑的，要黑的。……嗯。多少钱？换算成人民币是一万四？那也不便宜啊。算了，改天我还是自己买吧……好，没事了。"姐姐刚要挂电话，忽然想起阿阑，"皓明，等一下。你给阑阑买个钱包吧……随便，秀气一点就行。"

电话挂了，屋子里一下安静下来。姐姐少有地微微地红了一下脸，须臾一瞬，阿阑注意到了。她知道姐姐从小就很少脸红。其实没什么吧，阿阑想，这一切都没什么吧。不是吗？但她什么都没说，姐姐也没再说。一种无言的气息笼罩在两个人上空。

收拾完，姐姐要找几件衣服送给阿阑。阿阑推辞，姐姐说自己的衣服买多了，放不下，阿阑和她身材相似，穿了肯定好看。有瘦长的裤子，阿阑觉得合身就收下了。有露背短洋装，阿阑怎么都没要。她试了一条黑色的连衣裙，姐姐连说这件好，让她直接穿回去。

姐姐又说要是再化化妆就更好了。阿阑连声说不要，姐姐说女孩子大了该学学。补水就弄了半天，画眼睛又画了半天。阿阑乖乖地坐着，像一个娃娃，听姐姐的吩咐将眼珠向上转，向下转，嘴张开，嘴闭上。她偶尔用余光从镜子里看到自己的样子，眼角鼻翼弄得很精细，眼眶很黑。镜子里的自己越来越陌生，发光的边框像环绕着另一个世界。

离开的时候，姐姐披上黑色的斗篷，送她到小区门口，叮嘱一番。阿阑一一答应了。她回身朝姐姐挥手，姐姐的身影在昏黄的路灯笼罩下渐渐变成一个黑色剪影。

写一本书

　　阿阑走到公车站，心里一片空旷，空旷到怆然。

　　她从一站坐到另一站，从一个终点站坐到另一个终点站。她坐在座位上，春夜的凉风让额头清凉到麻木。路上空寂的灯光像没有内容的故事。车穿过飞驰的夜，穿过暗夜中沉睡的工地大门，穿过繁华富丽和苍茫困顿。夜晚的苍茫从四面八方包裹而来。说不出哪里难过。学校里静默的雪。读书。写作。身体的藤蔓。有这么多不归的车，都在匆匆奔向什么。

　　她仍然记得姐姐的那些句子。姐姐的书有信马由缰的快意。姐姐说小说要有力，有些人比喻奇妙，但读久了却觉得不够有力。姐姐不喜欢伤春悲秋。只有福克纳是永恒的，她说，无论什么时候都是最好的。八月之光。我弥留之际。喧哗与骚动。

　　阿阑靠着窗户，心里有种说不出的茫然。马路延伸着像是无尽头的长廊，一辆辆小车闪过，车窗映出阿阑的影子。她像是看到自己穿过这一切丰沛变幻的不属于她的风景。这一切成了夜晚与不安的象征，我觉得好像是躺着既没有睡着也不醒着，我俯瞰着一条半明半暗的灰蒙蒙的长廊。在廊上，一切稳固的东西都变得影子似的影影绰绰，难以辨清我是谁，不是谁。

　　路灯的余晖勾勒楼盘的塔吊，光亮的车窗上映出一张面孔，一个不像自己的女孩。近在咫尺，远在天涯。姐姐坐在镜子前，给自己画上眉毛和眼睛，就像镜子前一个乖巧的娃娃。班吉明那孩子。他老爱坐在镜子的前面，百折不挠的流亡者在他身上冲突受到磨炼沉默下去不再冒头。班吉明我晚年所生的被作为人质带到埃及去的儿子。哦，班吉明。

　　姐姐说她穿上她的衣服就像她，可是她看不出来。她怎么可能像她？姐姐的身体那么美。而自己这么瘦而平，这么羞涩。姐姐躺在湖边的石头上／她正躺在水里／她的头枕在沙滩上／水没到她的腰腿间／在那里拍动着水里／还有一丝微光／她的裙子一半浸透／随着水波的拍击／在她两侧沉重地掀动着／这水并不通到哪里去／光是自己在那里扑通扑通地拍打着／这水并不通到哪里去。这路也不通到哪里去／光是自己在那里延伸延伸／可是延伸不到哪里去。她以为它能通到哪里去呢／以为她能带她离开这个世界到另一个世界去／可是最终还不是哪里也到不了／只能和其他人到同一个地方去。

回忆如水从四面冲击，现实交杂在回忆中间，切割阿阑的心。

她意识到自己在姐姐说出不再写作的那一瞬间，她心里升起的复杂情绪。她有那么一瞬觉得愤怒和解脱：你也就是沽名钓誉，最终还不是这么轻易放弃，我还是比你走得远。但是下一瞬间她又意识到自己的悲伤：我走了那么远，就是想和你站在一起啊。

阿阑突然跳下车，不知道自己是在哪里。她看到一座正在拆的房子。一座小小的古建筑，在一大片在建的广场之中，在大刀阔斧建设的中央，像洋流湍急环绕的一座孤岛。水流中的孤岛。它的房檐、它的灰墙、它的窗棂。从容、古旧、孤立无朋。

她向它走去，不知为什么，莫名被吸引。危险而又静谧。

她走着，忽然在墙上看到了姐姐。一个清晰的身影。她向那影子跑去，离近了才发现，那是自己映在旁边工地里靠墙放置的大玻璃板里的倒影。路灯将人映得澄亮。黑色的裙子，黑色的鞋，金属的项链，镜子里的脸。

她再仔细看，发现镜子里是姐姐。她看到姐姐的眼睛和笑容。

是你吗？姐姐。

阿阑伸手碰触清楚映照着倒影的大玻璃，玻璃很凉。

是的，是你。我知道是你。她好像松了口气似的笑了。

我知道，你没有离开，你一直都在的。

她看到镜子里的人向她笑了一下。她心里有一种酸涩的释然。她站在大玻璃前面，落满石灰的废墟台阶上，抬起手，轻轻触摸镜子里的人的脸庞。镜子里的人眼神怜爱而忧伤。她的指尖没有触感。背后夜行的汽车呼啸而过，刮起她的头发和衣角。

你一直都在对不对？姐姐。我知道你一直在。

这才是真正的你。你没有走。阿阑的手继续抚摸镜子。

姐姐，你知道吗？我很想你。

突然一瞬间，镜子里的风景变了。玻璃尽头出现高二那年的铁道边，杂草茂盛，头顶是明亮的阳光。姐姐在前面轻捷地跑，头发一甩一甩，阳光照在头发梢上，金棕色发亮，穿着黑色短裙。姐姐就那么跑着，像一头小鹿，背影轻捷，脚步悦动，却并不真的跑远，像是在等她。

阿阑感到天启。她抬起右脚，轻轻跨越镜子的边界，走进去。镜子的波纹悠荡了几下，很快回到平静如湖。她感觉进入了真正的自己，在镜子里奔跑起来，脚下的杂草触感柔软。黑色的短裙在阳光下发亮。她觉得身体充分解放了，心也变得轻盈。她的眼睛被照亮了。她很快乐，从来没有这样快乐。她的脸上充满笑容。她飞了起来。她笑了。她回头看。她知道自己很美。

第二天早上，有人在拆迁的土地庙前，发现了一个昏迷不醒的女孩。

在她昏倒的地方，身边的玻璃上出现一个漂亮女孩在奔跑。画面印在玻璃上，面容很像前几年出名的一个写作的女孩。人们来往经过，都没有发现奇异，都以为那就是一面原本就印了画的玻璃。

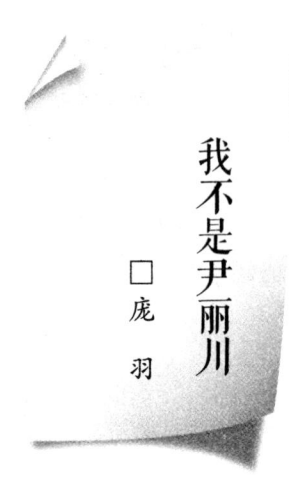

我不是尹丽川

□ 庞 羽

十三岁时我问
活着为什么你。看你上大学
我上了大学,妈妈
你活着为什么又。你的双眼还睁着
我们很久没有说过话。一个女人
怎么会是另一个女人
的妈妈。带着相似的身体
我该做你没做的事么,妈妈
你曾那么美丽,直到生下了我
自从我认识你,你不再水性杨花
为了另一个女人

你这样做值得么

你成了个空虚的老太太

一把废弃的扇。什么能证明

是你生出了我，妈妈。

当我在回家的路上瞥见

一个老年妇女提着菜篮的背影

妈妈，还有谁比你更陌生

这就是我姐姐尹丽川的诗。我叫尹绯绯。

鲜血喷溅出来。我的开心消消豆到了12级。她哀叫了一声，我抬头望了望。血是红色的。我又低下头，进入13级。她从厨房里出来，哆哆嗦嗦地拿纸巾。天气有点热，我打开电风扇。她问我，云南白药放在哪里了。我冲着电风扇说，我不知道。电风扇把我说的话变得颤颤巍巍。她捂着手翻箱倒柜，我突然意识到，我和这个切肉切到手的妇女，相识24年了。

她叫林中燕，外婆起的名。这24年里，她不慌不忙地活着，我拼命地把自己塞进裙子里。小学、中学、大学，尔后，我往容城档案局一躺，摸瞎过生活。她倒好，脖子紧俏，身体颀长，睫毛长而卷，眼睛深而亮，砧板前敲敲打打，盆栽里摆摆弄弄，柴米油盐，稳稳当当。

童话书上说，天鹅能生出丑小鸭。说得不错。我黑皮小眼，8岁成了胖墩，10岁戴上眼镜。她给我买白裙子红裙子。裙子在我腰间勒出了印子，我扶着眼镜看黑板时，总能听见衣服窸窸窣窣的撕裂声。我一直在等待。等我瘦了，要把这些裙子撕成条、撕成丝，变成她脖子上的红白丝带。

是夜，她睡熟了，我起身，站在镜子前，扯扯身上的肉，摸摸肉上的皮。尤其是摸到自己的胳膊，那些红色的丁丁点点，又漫出了一大块。林中燕说那是鸡皮疙瘩,隐性遗传。我和她顶嘴,都怪你,都怪你选择了罗家,都怪你生下我。对于这件事,我不原谅。从小,她说春雨润如油,我却说清明雨纷纷;她说小荷尖尖角,我却说映日别样红。在这样的一张一弛中,我慢慢蹿高了,同时,我手臂上的疙瘩越来越多,在我的胳膊上蔓延,像是林中燕的眼波似的,流转迤逦。

林中燕的眼波,不是白吃的。年轻时,她往人群里飞一眼,男的耐不住,女的急得跳。至于她为什么嫁给我爸罗勇,这得问我外婆。我瞅瞅罗勇,心想,真亏得当年罗家的小洋房,把林中燕骗了去。林中燕成了罗家的媳妇,洗衣做饭生孩子,轻松干净,好像我是她的碎玉珠子,缀在发间,不要了可以摘下来。

除了这些,她尽张罗自己的人生去了。东边水疗室,西边小书店,她活得安稳恬静。在我小时候,她还经常看 87 版的《红楼梦》,唱几句阆苑仙葩、美玉无瑕什么的。我把电视调到《西游记》,在沙发上蹿来蹦去:猴哥,猴哥,你真了不得!她笑笑,说诸葛亮草船借箭、空城对琴,都没我这般神气。我再瞅瞅罗勇,脑瓜瓢上褐色板寸,指尖的烟屁股娉娉袅袅,二锅头熏红了他的脸,卤猪蹄催肥了他的身体,偶尔啐口痰,圆溜溜,暗黄加暗赭,像极了案板上剩下的一钱猪肝。可听别人讲,罗勇年轻时,可像白衣飘飘的赵云了。我难以想象,脑海里全是曹操割须弃袍、关羽败走麦城的样子。

在容城,磨刀匠走街串巷,三天磨一把刀;菜贩子路口闲聊,也不吆喝;春来天暖,老人在公园里打太极,树叶也绿得慢了一些。每天早晨,我坐在 2 路车上,车辆的引擎声、间隙的说话声,合着耳机里淡淡的音乐,我感觉到有什么东西无关感情,无关风月,无关这个无限宽阔的宇宙,它存在于我的内里，蓬勃生长，优雅老去。公交车行驶，我坐在那儿，希望命运无澜，天高海阔，林中燕坐在沙滩上，解开她飘飞的丝带。

　　林中燕比我迟会儿。她站在车道里，一手拎着包，一手扶着铁栏。2路车晃一下，她晃一下，等车平了，她依然脖子紧俏，身体颀长，睫毛长而卷，眼睛深而亮。为此我常常难过，为我身体里沉睡的美好基因难过。它们卧在我的心脏里，脾肺里，阅览我每天的悲欢喜乐，却怎么也不肯出面。

　　林中燕似乎知道这点，切葱丝碾肉末，让我在一旁看着。锅里闹闹腾腾，林中燕手悬着铲子，翻拨葱丝，铲开糖盐，几滴汗水滑下她的脸颊。我想起了黛玉葬花。花死了，黛玉也死了，谁都会死。林中燕擦着额头的汗，我感觉她要融化了，像冰一样融化，滴下来、滴下来，顺着瓷砖蔓延，蹿升到我的血液里。一个女人怎么会是另一个女人的妈妈呢？

　　林中燕决定带我去上海的那天，非洲瘟疫开始了。这是一种新型病毒，让人瘫软无力，眼睛发花，安详睡去。科学家取名"尼奥"，猜测瘟疫来自一种动物肉类，像《黑客帝国》一样隐形危险。

　　罗勇坐在电视机前，一字一句地把新闻报给林中燕。林中燕像是没听见，继续碾肉末。电视机忽闪忽闪的，罗勇耷着脖子，拇指食指半抡着，像握着小口杯，等待英雄煮酒。罗勇爱酒，爱到骨子里。高考结束那天，他拿出高脚杯，给我斟了满满一杯。没等我反应过来，他就把他那杯一口干了。那一晚，我喝了几口，他把几瓶都灌下去了。等对饮结束，他却一边擦着眼泪，一边擦着鼻涕，一边拉着我的手说，三国里，赵云智勇双全、志向远大，本可夺天下，本可夺天下啊！我问他，不是曹操，不是刘备，怎么会是赵云呢？罗勇不说话了，脸涨成猪肝色：你不懂，天下本是君子的，全都被小人夺走了。我陷在沙发里玩游戏。

突然，罗勇把虚拟的酒杯一摔，刷地直起脖子：我说，别烧肉了好吗！窗外天空白了半晌，又阴下来。菜刀笃笃笃地响着，林中燕还在碾肉末。罗勇似乎泄了气，继续耷着脖子看电视。刺啦啦一声响，游戏通关了。整个小洋房，都回响着游戏庆祝声。林中燕不慌不忙，我也挪开了余光，继续游戏。

从那以后，罗勇不吃红烧肘子卤猪蹄了。到了傍晚，他摆好一碟油炸花生米，一碗岳记花甲，抿几口小酒，唱几段小曲，乐呵自在。林中燕还是喜欢下厨，碾些肉末，放点葱丝毛豆炒炒。我和她对坐，捡着豆子吃。吃完，她把肉末挑出来，整齐地码在小碗里。

接下来的几天，都会有肉末茄子、肉末四季豆。同样的，她把肉末挑出来，整齐地码在小碗里。熟肉末日益减少，林中燕又开始碾生肉末。周而复始，她不疲倦。我吃厌了，躲在家里叫外卖。林中燕一个人坐那，把豆子葱丝吞下去。阳台上的绿植郁郁葱葱。仿佛就像诗中所说，十三岁时我问，活着为什么你。看你上大学我上了大学。妈妈，你活着为什么又。你的双眼还睁着，我们很久没有说过话。

在我出生之前，我的外婆寅芽死在了上海。寅芽从小生活在上海。对于上海，我是无感的。我听林中燕说，母系的藤老爷住在上海火车站附近，外婆寄住了一段时间。火车经过时，外婆喜欢在那儿跳绳。火车空了，藤老爷带外婆去火车站纳凉。外婆喜欢把腿伸出站台，往铁轨上够。列车员来了，她撒腿就跑，鬟发飞飞的。

林中燕告诉我外婆的这些事，我觉得奇怪。一个素未谋面、已经死去的老亲戚，居然也小过、闹腾过，在她的人生里炸出数朵金花。听林中燕的口气，藤老爷家里不大，马桶连着煤气罐，凳子连着晾衣架，而且还比不上容城那些拆掉的危房。外婆在这儿度过了她的童年时代、青涩时光，我感到一丝战栗。原来我和那个粉红雕花、砖红瓦片的小洋房，不过是久别重逢。

林中燕拖着一口行李箱，背影袅娜。我拎着包跟在后面。林中燕的裙底飘着线头，手上的切口还没痊愈。候车厅空旷，回荡着行李箱的滚轮声。等了一会儿，我们登上这辆开往上海、前轮驱动、底盘稳当的三层长途车。林中燕打票打得早，我们坐在了前排，司机在我们脚底下。踩在别人头上，我想笑，扭头看林中燕。林中燕表情淡淡的，问我带给藤老爷的养生品放好了没。我说放好了，又问她，容城的馓子黄烧饼藤老爷爱吃吗，会不会粘了牙。林中燕笑笑，扭过头看车窗外。窗外是阴天，万物覆着一层冰灰色的光芒。林中燕的锁骨更深了，侧脸勾画得像木刻。一瞬间，我以为她是那个补雀裘、撕扇子的晴雯。我闭上眼，尖尖的脖颈，尖尖的眼眉。罗勇摸过哪些地方？他吻过林中燕的脖子吗？

藤老爷坐在 70 年代小筒楼的小幺间里。门开着，四周都是霉，墙壁上沁着各色的污渍。马桶边有一口锅，锅里有几个茶叶蛋，浮浮沉沉，不知煮了多少回。藤老爷披着旧夹克，微眯双眼，鼾声浑浊粗厚。林中燕不着急，坐在床沿等他。床和椅子挨得很近，不够伸腿。我不愿坐着，站在那儿看网文《人妻陌途》。女主人公正在喝酒，蓝色夏威夷、绿色蚱蜢、白色俄罗斯、黑夜之吻，弄得我心痒痒的。藤老爷一声呼噜，把自己吓醒了：你们哪位？

寒暄片刻，出去买菜的姨娘回来了。她招呼我们吃茶叶蛋，我摆手。林中燕却吃了一个，眼眶还泛着泪。藤老爷口齿不清地说，寅芽懂事呢，穿裙子坐摆渡从来弄不湿。寅芽是我外婆的名字。

一声咳嗽。林中燕拍着他的身子，让他顺顺气。藤老爷半张着嘴，残牙交错间，只能磨出几个字。姨娘跑过来，正正他身上的旧夹克，帮他梳头。藤老爷抖了一下，闭上眼沉进椅子里。林中燕起身，把养生品塞给姨娘，带着我走了。

时值正午，我不知下面的时间如何打发。林中燕昂着头，拖着行李箱走在前面。认识她24年，我依旧不了解她的底细。她拨弄碎发时想什么？她弯腰捶腿时想什么？我看见的她是真的她吗？我理解的她是真的她吗？她喜欢小性子的林黛玉，还是心比天高的晴雯？在容城，我完全可以撒手，把林中燕精心准备的东西全扔在地上，但在人生地不熟的上海，我只能跟着她，生怕串了门跑了调。我不看她的背影，仰头对视太阳。

我随着林中燕到了地铁站。两边贩卖着报纸、矿泉水、小玩意儿。林中燕在地铁口呆望了许久，我想问她做什么，想想算了。在罗勇身边，她好茶好水好脸色，现在她要把这身皮褪下来了。地铁刮起一阵风，吹动她的衣襟。我的母亲林中燕，光洁如新，纯白无邪，涉江采芙蓉，鱼戏莲叶东。你曾那么地美丽，直到生下了我。自从我认识你，你不再水性杨花……

林中燕带我去了建华路。房子错落有致，道旁的树木森郁。有几家早茶店、馄饨摊、咖啡馆缩在楼房各角，形成隐秘的、幽深的、不露锋芒的热闹。我感到渴了，殚竭气力，杵在马路中央看着林中燕。

林中燕回了一眼：快点。

瞬间我想起，24年来，林中燕在前，我在后，我冲她发火、嗷叫，她眨巴着眼睛看我，等我气消了，淡淡说一句，快点。每次如此，我的气都撒在了棉花上。此刻的她，分花拂柳，行色从容，步态好似水面漫上沙滩，又淡淡回落。我是她身后的浪潮，莽撞、慌乱、叫嚣，被她温柔地化作微澜。我无奈，加快脚步，嘴里发出一声雁鸣。我有一种感觉，林中燕要去南方了，她要在那个春暖花开的地方，梳理羽毛，独自终老。

建华路323号是栋小别墅。林中燕停下来,看着323号。太阳隐去了,云翳慢慢爬上她的脸,像一块冰糯飘彩的玉。我歇歇气,大声问她怎么了,到底要带我去什么地方,赶了这么多路都不让我喝口水。她似乎没听见,握住我的手,走吧,我们进去。我感觉,让我打砸抢都无法解气。世界静悄悄,除了林中燕敲在雕花铁门上的回音,笃笃笃,可以下锅了。

开门的是位老人。见到我们,他并不奇怪。林中燕把馓子黄烧饼塞给老人,老人看了一下,沉默半刻,领我们进屋,落座,沏茶。

我们仨相对无言,老人垂着头,林中燕垂着头,我盯着面前的茶水看,那里有看得见的茶叶、茶脉、茶梗,也有看不见的茶素、鞣酸、儿茶酸、芳香物质。我想起了大观园、六安茶、女儿茶、枫露茶、老君眉,老君眉产量极少,状似太上老君的眉毛。第四十一回中,妙玉同黛玉、宝玉和宝钗三人喝体己茶,宝钗的茶具叫"爬斝"。黛玉用的叫杏犀䀉,寓意心有灵犀。宝玉用的则是妙玉自己的杯子,绿玉斗。林中燕讲给我听,我还她一双青白眼,这时想想还蛮有意思。老人抬眉看我,这是寅芽的外孙女吧?林中燕点头。老人抓起馓子吃,眼眶里有浊泪。馓子脆响,茶杯上的白雾淡下去。

林中燕回过神来,露出釉色洁白的牙:快叫俞正爷。我吭了一声。俞正爷放下馓子,靠在沙发背靠上,眉宇轻快许多:叫我阿正好了。我噎了一声,右手食指摩挲着左手大拇指。林中燕轻声说:俞正爷,照片在你那儿吗?

照片上的寅芽,眼睛透亮,嘴唇饱满,黑亮的头发散在耳朵两边,如云鬟雾鬓。在这张照片上,我原谅了林中燕的美。

照片来自俞正爷的一本笔记本，蓝色绣花布面，泛着旧黄，纸页发脆了，还有虫洞。林中燕拿起照片，眼眶泛起红云。我看着林中燕，她的眼睛里有星球，有陨石，有不明物质，还有一种东西，看不见，却庞然巨大地存在着。人们叫它黑洞。在它里面，一切都被扭曲，被传送，直到穿越重重时光，去到各个时空。

我不管她，让她茕茕地站着。

半晌，林中燕放下了照片。

俞正爷开始说话了。他说寅芽年轻时可漂亮了，她走在上海街上，几个外国人跑过来，偏要领养她，带到国外去。那时正值乱世，可寅芽的妈妈舍不得。乱世里几场战役一打，寅芽的父亲没了。说是失踪，也说是战死。听到消息，寅芽冲出屋子，冲进人群，抱着国军的大腿喊，还我爸爸。国军用枪托敲她，她不放手。俞正爷经过，拉下了寅芽。后来战胜了，解放了，俞正爷攒钱给寅芽买帽子，买裙子，寅芽给俞正爷做了好几年布鞋。寅芽在上海待了童年、少女时代，被她妈妈、我的曾外祖母喊回老家，说是去结婚。

我不认识我的外婆寅芽，也不太清楚外公这个人。他们死了好久了，就像上世纪的老八音盒，唱不动了，就锁起来吧。想到林中燕和他们待的时间，比和我在一起都长，我感觉怪怪的。林中燕捂住嘴。她是要哭吗？还是仅仅一个喷嚏？不一会儿，她撒开了手，表情依然淡淡的，睫毛长而卷，眼睛深而亮。那一刻我难过地想，她生的人不该是我。

离开俞家时，俞正爷倚在雕花铁门旁，手里摩挲着一枚老怀表。怀表是和笔记本一起拿来的，上面都有包浆了。我走出了铁门，望着他们。俞正爷微微颔首，手里的怀表发出了清晰的滴答声，似乎在计算他剩下的日子。林中燕也缓缓地走出雕花铁门，俞正爷伸出手，想说话。林中燕嘴角蜻蜓点水：不用了。照片你收着吧。我只是想看看她。

　　家里还是那样。罗勇躺在沙发上，鼾声震天。
　　林中燕轻手轻脚放下行李，把沙发边堆积的衣物拿去洗。
　　我越过罗勇的腿和胳膊，沉在沙发里，打开手机里的开心消消豆。罗勇被吵醒了，踢了我一脚。我打开电视机，把声量调到40。罗勇睡眼惺忪地坐起来，板寸都蓬松了。他举起拳头要打我，电视机阻止了他。
　　专家说，"尼奥"已经开始蔓延，欧洲多人感染，亚洲也出现首例。目前来说，此病传播方式多样，且无药可解，只能少去人群密集的地方，自求多福。
　　罗勇似乎吓酥了，瘫在沙发上嘣嘣脆脆。林中燕打开洗衣机，我的消消豆升入第二关。罗勇火气从板寸上蹿起来：听到没！去什么上海！
　　见过寅芽后，林中燕全身都松弛下来。她的睫毛短了一截，眼睛边生出了藤蔓，颀长的身子变得摇摇欲坠。我问她今天几号，她说二十，初五，二十三。没有一个是对的。我不难为她了，怕声音一大，她就碎了。等她闲下来，我往她身上凑，讲办公室主任、档案局局长的八卦。她微飚两眼，唇齿打滑，像婴儿一样睡去了。在家，罗勇用筷子敲着碗边，怎么了？没饭吃？林中燕在厨房里缓慢地切着肉丝。罗勇又说，不能吃肉不能吃肉。她也不管，一撮小葱一皿肉丝，罗勇不吃，她吃。出门，罗勇和她各走各的。不出所料，罗勇投奔他哥们儿了，喝小酒唱卡拉OK，顺便按摩按摩自己的老骨头，讲讲三国里的天下观，讲讲赵云就是被娘儿俩害的。那些中年男人也会岔话，讨论天下分合什么的，再吹吹牛，要不是那会儿选错路，这会儿美国总统还得喊他爹呢。这种聚会罗勇带我去过一次，然后我找个借口溜回家了。林中燕手里挎着购物袋，买点葱买点生活必需品，然后在街道上茫然地转着。好几次我招呼她，她恍然大悟，不好意思地笑笑，跟我回家。她也放弃了开辟鸿蒙、金玉良缘，每天追问我《人妻陌途》更新了多少。我问她《红楼梦》哪去了。她说，一堆废纸，埋了可惜，不如卖了。

"尼奥"登陆亚洲的第8天，台风也登陆了。天空变成大海，风云变幻，潮起潮涌。我坐在家里，心想怎样度过这个潮湿的周末。林中燕储备了两天的菜，罗勇囤积了一星期的酒水。罗勇酒杯磕碰碗沿，叮叮当当，等酒劲上来了，咣当一声扔掉酒杯，空坐在那儿。电视机放着"尼奥"的最新消息，电脑却在唱着，滚滚长江东逝水，浪花淘尽英雄，是非成败转头空……

罗勇一边听一边哼，等林中燕经过他身边，他没头没脑地说，你都快50岁了，还买新裙子穿？

林中燕不答话，整理整理裙边的老褶子。她穿这裙子三年了，夏至穿，大暑穿，入秋了，洗好熨平叠放在柜子里，等着有心人发现。罗勇歪着头舒展睡意，林中燕拍拍裙摆，收拾桌上的碗筷。我看着她，线头不见了，侧影似有抄检大观园，晴雯倒掀宝箱，痛骂王善保家的样子。是的，她居然把一条裙子，穿得那么决然。

周日晚上，外面的雨小了些。林中燕挎着购物袋，出发了。我问林中燕买什么，她咿咿呀呀了半天，说外面空气好，出去透透气。我说雨会下大的，她说不怕，有伞。她弯下腰，在脚腕磨蹭，好容易把高跟凉鞋穿好，轻手轻脚地离开了小洋房。雨淅淅沥沥的。

电话打过来时，我的消消豆到第5关了。此时的窗外下着瓢泼大雨。窗户洗了又洗，我的脸反光在上面，扭曲的、变形的，还分成了好几个。这么瞧，还挺像林中燕的。

我坐在这个粉红雕花、砖红瓦片的小洋房里，听着林中燕在手机那头无力地对我呼唤：囡囡啊，妈妈走不动了。我拎着一把大伞冲进雨中。雨水飞溅，天昏地暗。林中燕站在雨中，购物袋落在地上，雨伞斜在一边。我搭着林中燕的胳膊，一步步地搀扶她。我说，咱们回家看《红楼梦》，87版的。林中燕却瘫软下来，囡囡，妈妈不想看了。我问她想看什么，《人妻陌途》没到大结局呢。她笑了，胳膊微微振动：书里都是假的。只有囡囡是真的。雨水顺着她的脖子流到我的手上，冰凉而惊颤。

　　林中燕再也不能穿高跟鞋了。医生说，脚上肌肉受寒、萎缩，要养养，脚底还要贴膏药。他还说，年龄到了，很多人都患上了这毛病。林中燕把膏药往脚后跟一贴，却瞬时矮了几分。她眼角的藤蔓，已经长到嘴边了。那个脖子紧俏，身体颀长，睫毛长而卷，眼睛深而亮的林中燕，变得小了、枯了。我突然想起那个叫作寅芽的女人，想必她也这样步履蹒跚过。林中燕唤我的名字。我扭头不应。我无法面对林中燕的衰老。

　　和林中燕的衰老一起到来的，还有我的转变。倏忽间，我身上的裙子变松了，修身了，不再发出窸窸窣窣的撕裂声。林中燕不好去商场，问我淘宝网怎么购物。后来她买了两个衣架、三条裙子，都是给我的。裙子有碎花的，有宽松的，我穿起来，林中燕说像年轻时的她。

　　大雨不停，倒灌着容城。电视里，上海有了"尼奥"感染首例。罗勇见林中燕的眼色都不对了。他不吃林中燕做的菜，不碰林中燕喝过的水杯，待在家里就咋呼，出门了夜不归家。林中燕不管他，继续碾生肉末，烧熟肉末，坐在饭桌前，静静地吃掉一碗白米、半碗菜。我陪着她吃。渐渐地，她开始教我做其他菜了，红烧茄子、番茄炒蛋等。她说姑娘家要会点厨艺，一来安生，二来防身。

　　我烧的菜有的过咸，有的偏甜，她还是静静地吃掉了。只是有一次，我烧了葱丝毛豆肉末，林中燕吃掉毛豆，挑出肉丝，突然哭起来。她说是寅芽的味道。寅芽在的时候，日子艰难，一顿肉末都要烧好几道菜。几滴泪下来，她克制住情绪，又去洗碗洗衣服。我有些难受，想帮忙，她让我去给绿植浇水。植物在晚风中轻轻拂动，像极了少女林中燕的裙摆。

碗筷归档完毕，罗勇破天荒地早回家了。他把衣服扔给林中燕，讨好地说，他哥们儿做生意的，儿子想找媳妇。林中燕明白他的意思，我也明白他的意思。

罗勇见我们不说话，又补充，有车有房，有车有房。我垂着头不说话。林中燕"哇"地一声哭出来，把罗勇的衣服扔在地上，还用脚踹：我的女儿不是衣服，我的女儿不是衣服！

罗勇当着我的面，对林中燕动手了。暴雨疏风，斜光月影。等他安歇了，我抱住地上的林中燕。林中燕在我怀中颤抖。我随着她一起颤抖。外面的雨没有停。

大雨降临的第 6 个晚上，容城被淹了。整个城市都漂浮在水中，人们挽着裤腿，手拉着手出行。林中燕的绿植开始下垂腐败了，我一遍遍问自己是不是浇多了水。林中燕不管，忙好早饭，坐在阳台前看天。她说她看见了寅芽。我感觉她要再一次融化了，像冰一样融化，而这次不会再结冻了，她要随着这场洪水流走了，去到那无限宽阔的宇宙，随我蓬勃生长，优雅老去。

我收拾好包裹，出门上班。虽说城市部分水位已经过膝，但政府仍号召我们上班，坚持在第一线。上班也没有什么可做的，坐在那儿当个摆件。我拎着包出门，林中燕却一瘸一拐地追出来了。她说要去单位取个东西。我说这么大的雨，去了干什么。我看见她恳求的眼睛，还有依旧淡淡的表情。洋房里，罗勇举着酒瓶，电视机忽明忽暗，那高达44的音量里，讲的全都是对"尼奥"的恐惧。我带着林中燕缓缓走到公交站台。

2路车来了，我和林中燕并排坐着。车辆的引擎声、间隙的说话声，合着耳机里淡淡的音乐，我感觉到有什么东西在我的内里，一脉传承，生生不息。林中燕静静坐着，她脸上的藤蔓也停止了生长。我用余光瞧着她，洪水迅速退去，白云飞上蓝天，我那美丽年轻的林中燕，她坐在沙滩上，微笑着，昂扬着，解开她飘飞的丝带。

林中燕到站了。公交车停在路边，这条道路水很深，昏黄浑浊，车驶过，惊起水浪一片。车门徐徐打开，林中燕挪动着双脚，一点一点、艰难地走出去。她提着裙边，慢慢摸索着，积水吃掉了她的小腿肚子。车子正在启动，轰隆隆的。车门要关上了，林中燕回过头，朝我微笑。她要说什么？"快点"？我听不清。在洪水中，林中燕更小了。我想起了俞正爷，想起了寅芽，想起了罗勇，想起了晴雯想起了林黛玉，他们都在我的脑海转啊转，晃啊晃。突然，我的泪夺目而出，我冲到已经关闭的公交车门，把车门拍得震天响。林中燕似乎没听见，离我越来越远，越来越小。我瘫软下来，拼命地拍着车门，拼命地大喊，林中燕，你走后，我该找谁去怀念你？我要找谁去要照片？

林中燕回来了。衣服角、发尖都湿漉漉的。我走过去，替她拿包。

我对她说，妈妈，有我在，罗勇不会再打你了。

林中燕不说话，手里的伞滴着水。

我又对她说，我会去上海要寅芽的照片的。

林中燕瞪大了眼睛。

我耐不住了，说，我给你读一首我姐姐尹丽川的诗：

十三岁时我问

活着为什么你。看你上大学

我上了大学，妈妈

你活着为什么又。你的双眼还睁着

我们很久没有说过话。一个女人

怎么会是另一个女人

的妈妈。带着相似的身体

我该做你没做的事么，妈妈

你曾那么地美丽，直到生下了我

自从我认识你，你不再水性杨花

为了另一个女人

你这样做值得么

你成了个空虚的老太太

一把废弃的扇。什么能证明

是你生出了我，妈妈。

当我在回家的路上瞥见

一个老年妇女提着菜篮的背影

妈妈，还有谁比你更陌生

　　林中燕把滴水的包放在地上，露出两束胡萝卜须：你爸不叫罗勇，你外婆没去过上海。还有，你从来没有什么姐姐。

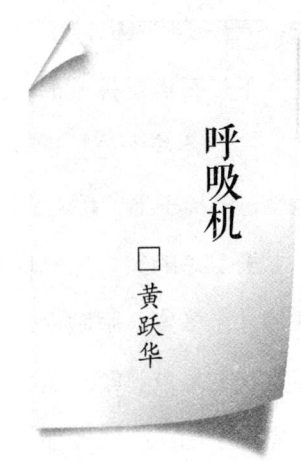

呼吸机

□ 黄跃华

1

正月初五，我去医院找王卫东。王卫东是我当年插队时房东的儿子。我去时他正坐在重症病房门口，等待探视他的妻子。看见我了，赶紧爬起身，打着招呼。初五是财神日，外面鞭炮响个不停，好不容易等到鞭炮声停下来，才听清他嘟哝道，过了年，秀芳又长一岁了。

王卫东说这话时嘴角上勉强挤出一丝笑。他个子不高，又瘦又黑，头发乱蓬蓬的，一件蓝色羽绒服穿在身上，空空荡荡像套在衣架上，皱巴巴的裤子上被香烟烫了几个小洞。

我没有去问江秀芳的病情。她的病情不用问。江秀芳从上海的大医院转回来时就住进了这个重症病房，靠呼吸机维持呼吸。我问过医生，他们说，离开了呼吸机，江秀芳一分钟都不能活下去。

下午三点是探视时间。王卫东在这一个小时里要帮她翻身、揉捏、擦洗。三点还差十分，王卫东就爬起身，门一开便第一个挤进去了。我坐在他坐过的椅子上，那上面还带着他的体温，长长地叹了口气。

王卫东的父亲王元庆是个木匠，只生了王卫东一个儿子。当年我插队时他才十多岁，眼睛大，脑袋大。异常灵巧，上树掏鸟蛋，下河捉螃蟹，最擅长的是拿黄鳝。黄鳝滑，一般人要用专门削成齿状的木夹子夹，但他只需三个指头就能锁住，一个晚上多的时候能拿十多斤黄鳝。我在王元庆家住了十二年，一直到回城。

王卫东子承父业，初中毕业后学徒，十九岁出师。二十五岁结婚，我去贺喜。媳妇江秀芳是江湾人，小王卫东两岁，一张娃娃脸整天挂着笑。小两口婚后小日子过得红红火火，楼房也砌起来了，儿子也出去读了大专，回县城找到了工作。后来，江秀芳老是犯癫痫病，犯着犯着有时跌倒在地不省人事。一次晕倒在织布车间里，口吐白沫，吓得老板赶紧要她结账走人。王卫东带她去上海大医院检查，当即决定住院手术。但手术后江秀芳便没再醒来，也没有了自主呼吸，一直住在重症病房。王卫东在医院闹了一年，找过政府，打过官司，还爬到屋顶要跳楼，最终医院免了所有费用，赔了九十一万。王卫东这才把江秀芳带回来，住进了县医院。

2

晚上留王卫东吃饭，他也没客气。相识几十年，我们间的走动比亲戚还频繁，就在腊月里，他还给我们送来了糯米、花生、鸡蛋，还有一只四斤多重的老母鸡。

半个小时不到，王卫东拎着两盒麻糕两包红枣来了。我责怪他不该乱花钱。他头也不抬地说，过年哪能空手来呢。

我去忙菜，他在客厅里看电视。妻子问秀芳怎么样？王卫东只顾看电视。电视里正放着《欢乐家庭》节目，主持人、嘉宾和观众都玩得开开心心，热热闹闹。妻子让他吃元宝，在我们这里，过年时花生和瓜子就变成了元宝。他抓起一把元宝，似乎想起我妻子刚才的问话，低声说，过了年又长一岁了。

几杯酒下肚，他那干枣似的脸上开始微红起来，一道道皱纹相互挤着，像厚厚的橘子皮。我问他底下的路怎么走？他放下酒杯，望着我。显然，他明白我问的意思。

王卫东不再喝酒，只是不停地扳着手指头。他的手指又瘦又长，指骨却很粗，竹节似的。

掐灭手里的烟，他终于闷着头说，九十一万，已经花了二十六万，花完了再说。

妻子又给他斟了一杯酒，着急地说，一天几千块，也撑不了几个月。

我把了解的情况一一告诉他，并帮他分析，专家们的意见是，江秀芳已没有醒过来的可能，她能活着，完全在于呼吸机。一拿，人就走了。某种意义上说，江秀芳现在住在医院里已没有任何意义。

王卫东不再说话，只是拿筷子撺着花生米。他撺得很慢，撺一颗，看一眼，然后再送进嘴里，慢慢嚼。其实，这话王卫东也不是第一次听说，在上海，专家们多次委婉地表明过。

妻子退休前在药房工作，说话历来直来直去。她告诉王卫东，江秀芳连植物人都不是，有的植物人十年八年还能醒过来，但江秀芳已经不可能了，她已经没有了自主呼吸。年前妻子去看过江秀芳，一百二十多斤的人已瘦成六十多斤，只剩下一个骨架子。

王卫东放下筷子，拿手抓着头。乱蓬蓬的头发被抓得东倒西歪，像秋天河边的茅草。抓着抓着，他突然用力往下揪，枯树皮似的手上青筋凸起，嘴角直咧，露出一侧牙床，还有两颗发黑的门牙。我真担心他把那两颗门牙咬碎。

手松了，几绺白发飘下来，落在面前的菜碗里。终于，他抬起头，一仰脖子，喝完酒，粗着声说，那钱是她的。

我们都听懂了，他说的那钱是指医院的赔偿款。我们面面相觑，不再吭声。

沉默了一支烟工夫，匆匆扒完一碗饭，要走了，王卫东终于叹了口气说，再说，她还没走，终究是活人。

送走王卫东，望着他骑着电动车消失在黑夜里，我和妻子心情平静不下来。王卫东粗沉的鼻息仍在屋里回荡，拽下的白发仍在眼前飘飞。妻子问我，难道卫东真的不清楚这样下去只能是竹篮子打水，人财两空？对这事他父亲王元庆怎么看？卫东好多事都听他的。

谈到王元庆，我的眼前又浮现出那个驼背的、可亲可敬的老木匠。离开王家垛三十多年，但我的心仍留在那，不但年年都要回去几趟，就连夜里做梦都常常梦到当时的情景。我忘不了，当年我个子不高，身子单薄，干农活总是掉在人家后面。农忙季节最怕割麦割稻，每每这时，王元庆总是天不亮便帮我磨好几把刀，上工前先帮我割上一节田，这样才能保证我不落在别人后面。一次我患肠炎，只能吃稀的，王元庆三顿给我煮挂面，炖鸡蛋。要知道那时挂面和鸡蛋在农村都是稀罕物，过生日才能吃上挂面。特别是鸡蛋，农民都指望拿它到小店里换日用品。别的知青一个月也难吃上一顿肉，我却一个月能吃上七八顿。王元庆是手艺人，哪家砌屋上梁，哪家嫁女打嫁妆，总要带上我，说是学徒，实则带着我跟在后面吃肉改善生活。

夜已深了，我们睡意全无，心乱如麻，越想越不安，越想越替王卫东着急。祸反正已经惹下了，花再多的钱也无济于事。当断不断反受其乱，要知道他现在可算是穷困至极，父亲王元庆有病要看，儿子王小亮成天吵着要买房，他自己又天天要来医院，干不了活，挣不了钱。全家只出不进，阴天驮稻草，越驮越重，最终肯定会压垮。

我对妻子说，长痛不如短痛，这个事我们一定要帮他一下。妻子理解我的意思，点了点头，至于帮什么，我和妻子都心知肚明，但谁也没有说破。妻子随即又担忧地说，这事太复杂，牵涉到的人多，王卫东、王元庆、王小亮，还有王卫东的两个内弟，他们的意见甚至比王卫东还重要，不好拢在一起。我说先不拢，分头做工作，只能各个击破。我自信地对妻子说，这些人我都能说上话。

3

次日一早，吃了一碗鱼汤面，我便乘上通往王家垯的公交车。妻子年前被人撞断了腿，不然也要一起去。从城里到王家垯二十公里，经过三个乡十二个站点，我闭着眼也能摸到。

王元庆的家是那么的熟悉，楼房是六年前砌的，三层，没有装修，只刷了白。屋里只有一个条柜，一张方桌，空空荡荡，客厅里一台电视机还显得有点现代气息。

王元庆七十多岁了，背驼腰歪，两颗门牙也掉了。唯一没变的是他那两道剑眉，又黑又长，又叫寿眉。我去时他正在院子里做小木椅，只见那双粗大的手上爬满了青筋，一层又一层的皱褶，露出大小不一的褐斑。他对我说，老了做不动其他活，做些小木椅赶集卖，贴补贴补家用。

王元庆右手撑地，使了几次劲才爬起身，一瘸一拐进了厨房，煮蛋茶。农村来亲戚了要煮蛋茶，煮几只要看尊贵程度。王元庆的妻子去世多年，两年前他右侧股骨头坏死，医院让动手术，他一听说要两万多，死活不肯，说七十大几的人了，还挨一刀干什么？我知道他是舍不得花钱，主动提出钱我出，但他怎么也不松口。

王元庆端着蛋茶来了，九只鸡蛋，满满一大碗。王元庆坐在桌边看着我吃，很享受地在一边抽着烟。王元庆是个厚道人，年轻时手艺好人品好，从不跟谁斗气争理，工钱多少主家说了算，谁家有事喊一声，不管多忙都去帮一手。我印象中最深刻的一件事，有一年他家卖了一头猪，一百二十块钱藏在碗橱顶上，留着王卫东相亲用的。但第二天发现钱没了。民兵营长带人查了一整天，原来被邻居的一个亲戚偷走了。农村人最恨小偷，这种人最缺德。小偷被抓来了，绑到树上，男女老少抢着拿皮带抽，小偷被抽得哭爹喊娘。王元庆看不下去了，主动上前为小偷松了绑。众人不解，他劝众人，他家穷，年纪小，不到万不得已也不会做这事。

我和王元庆谈到了王卫东，谈到了江秀芳。王元庆默默地抽烟，一句话也不说。他拿眼朝院子外望。我这才注意到，王元庆两只眼袋耷拉着，比眼睛大，像脸上的一道坝，长长的剑眉则像坝上的树。他的眼光混浊得很，深秋的雾一般。几支烟吸完了，他才回过头，像是对我又像是自言自语地说，打摆子咋惹这种祸？造孽呀，造孽呀！

我把江秀芳的情况分析给王元庆听，劝道，祸已经惹了，再去埋怨也没什么用，人倒霉喝水都能呛死。但像这样拖下去总归不是办法，江秀芳肯定救不活，钱花了，王卫东也垮了，最后只能落个人财两空。

呼吸机

王元庆问，那你的意思是？

我没有回答他的话，而是说道，不是我的意思，是医院的看法，医生的看法。

王元庆的身子突然哆嗦了一下，倏地往前倾，眼看就要磕下地，我赶紧伸手扶住。待他回过神，我又劝道，要相信科学，人不能单凭感情用事。

王元庆拿眼定定地望着我，像望着一个陌生人。嘴张成一个黑洞，深不见底。半天才含糊不清地吐出几个字，人命关天呀，毕竟人还没走。

我有点着急了，跟他解释什么是呼吸机，再三强调这呼吸机一拿掉人就立即没了。我边说边做着拿掉呼吸机的动作。王元庆呆呆地望着我的手，不再说话，只是拿手搔着头。他的头发几乎掉光了，剩下几根也枯草一般耷拉着。很快，蓝棉袄上便落满了一层头屑，白花花的虱子一般。

门前传来一阵摩托车响。不一会儿，王卫东的儿子小亮回来了。刺眼的是，过年理了个公鸡头，尖尖的扎眼。他看见我了，叫了声大大便进里屋玩手机。我纳闷，平时蛮听话的小亮怎么理了个这个头？王元庆告诉说，他这是在怄气，怄他爸的气。小亮谈了女朋友，闹着要在城里买房。王卫东凑了十万块首付，余下的三十万拿不出。小亮便开始没有好脸色。

他们家过去的底子还不错，但接二连三有事，结婚、建房、生病。王卫东又是个义道人，不少人欠他的钱，又拉不下脸来要。江秀芳两个弟弟一个差他五万，一个差他四个月的装潢钱，要了几回，现在都生分了。

听到我回到村里，不少熟悉的人都来玩。我想正好走动一下，看有没有人能帮忙做做王卫东和王元庆的工作。我找到了老村长，找到了辈分最高的四爹，找到了王卫东从小玩大的伙伴。但他们除了同情叹息之外，没有谁肯搭话。看得出，他们谁也不愿意涉及这个敏感的话题。

失望之际，远远地看见有个穿白羽绒服的女人过来了，尖着嗓子喊，大干部走亲戚来了。女人的嘴唇抹得猩红，远远望过去像嘴里叼着火。当地人喊大干部是一种戏侃，来自一个妇女跟村治保主任通奸，吹嘘睡了个大干部。我认得来人叫"狐狸眼"，三年前跟男人离了婚，专门帮放高利贷的人吸储。王元庆告诉我，自从王卫东从上海打了官司回来后，她经常深更半夜往王卫东家跑，动员他把赔偿款存到她那儿，利息八厘。

我不接"狐狸眼"的茬，跟王元庆辞行回城。王元庆拄着拐杖执意送我，我心疼他那一瘸一拐的腿，把他按到长凳上。他拉着我的手，四处张望了一下才低了声说，我都是黄土埋到脖子的人了，管不了那么多，这事总得人家娘家人说了才行。

王元庆说的话我懂，在农村，女人的娘家人不能得罪。受夫家欺了，娘家兄弟要出面出气，大的事情须娘家人点头，就连死了最后入棺，还需娘家人执钉。否则新账旧账一起算，打得头破血流鬼哭狼嚎都时有所闻。

4

江秀芳的父母早去世了，娘家就两个弟弟。一个叫江铜林，养鱼。一个叫江铁林，开出租车。他们都找我帮过忙。江铜林的儿子爱打架，三天两头被派出所抓去，每次都是我帮忙找人放出来。江铁林开车常宰人，每次也是我出面大事化小小事化了。我自信能做得通两兄弟的工作，决定立即去找他们。

我打电话要王卫东一起去，他在电话里支支吾吾的，看得出很矛盾。我说你老这么拖下去哪行？凡事总要有个底。这种事娘家人不点头有什么用？况且这两个小舅子都不是省油的灯，难缠得很。

王卫东架不住我的劝，同意带我去。我坐公交车到王家垛，再坐王卫东的电动车去江湾。路不远,四五公里,过去都是泥泞小道,且还要摆两次渡。现在则全是水泥路,平坦好走。刚下了一场雨,空气清新多了,路两边的麦苗一股劲儿往上拔节,碧绿碧绿的,一眼望不到边,像海洋。

去江湾的这条路我走过多趟,当年王卫东第一次去相亲,就是我作陪的。那时候的王卫东还是个腼腆的细木匠,话语不多,遇人爱红脸,憨憨地笑。江秀芳呢,更是淳朴得像那首歌里唱的小芳,梳着长长的辫子,红扑扑的脸上一笑起来两个酒窝。

王卫东一路上不怎么说话,看得出他心里有点紧张。他特意买了四斤猪肉、两条鳊鱼,还有两箱牛奶。我故意跟他扯话,但他常常回得驴唇不对马嘴,甚至把两兄弟谁大谁小都忘了。

江湾很快到了,江铜林喂过鱼,正坐在鱼塘边抽烟晒太阳。他承包了三十多亩鱼塘,养鱼养螃蟹。见到我来了,老远地就扯着嗓子嚷,怪不得一早就听见喜鹊叫,晓得就有贵人来。

扯了一会儿闲,我问铁林呢,能不能打个电话请他回来一趟,弟兄们几年不见了,中午一起喝一杯。

江铜林带我们回家。还没进门,江铁林开着出租车回来了,远远地按着喇叭。兄弟俩一个胖一个瘦,一个脾气急一个外号"阴八怪"。江铁林拉开车门抓住我的手直晃,听说你来,一趟去兴化的生意也不做了,谈好了三百六呢。我在心里盘算了一下,去兴化一个来回九十公里,你小子真狠,别人不超过三百,你三百六,本性难移。

中午喝酒,我年龄最大,开场白自然我说。我说咱们兄弟们,能处成这样非常不容易。有些事大家还都要担当些。

王卫东先敬酒,打招呼,自己惹了天大的祸,对不起秀芳,对不起两个舅舅。农村人爱以小孩口吻称呼大人,以示尊重。王卫东说的意思大家都懂。当初他带江秀芳去上海看病，要动手术，虽也跟江家兄弟说过，但哪想到会出问题呢？

我赶紧接话，怕场面失控收不住。我说天有不测风云，人有旦夕祸福，人倒霉时吃饭都能噎死。我举了王家垛王三的例子，虎背熊腰的一个人，一顿能吃两碗肉，一人能扳倒一头牛，却偏偏淹死在牛脚塘里。牛脚塘多大呀，牛蹄子踩出来的，盛不过一碗水。他喝醉酒，面朝下趴在那儿呢，呛死了。

王卫东一仰头喝完杯中酒，脸立即涨红起来，他的脸瘦得只剩下巴掌大，一红，像刚出炉的烧饼。江铜林重重地把酒杯蹾到桌上，喘着粗气说，害癫痫的人多了去了，烧什么心血开什么刀！

江铜林这一咋呼，气氛顿即紧张起来。谁也不再吭声，只剩下粗重的呼吸在屋内乱窜。一只苍蝇嗡嗡地在众人头上飞个不停，怎么赶也赶不走。江铜林脾气比较急，动不动就跟人发火，这我知道。来的路上王卫东就告诉我，江铜林几年前借了他五万块，小亮买房差钱，年前来问江铜林要过几回，江铜林直拍桌子吼，我还没死，怕赖账？！

江铁林不吭声，只顾喝酒吃肉，好像这事与他无关似的。江铁林为人阴，他儿子前年结婚时，王卫东带人帮他装修房子，前后四个月，工钱到现在都没结。王小亮也来要过，江铁林不像江铜林那般横，答应马上给，但至今没下文。

我赶紧爬起身，分别敬了江铜林和江铁林一杯酒，想缓和一下气氛。我甚至开起了他们儿媳的玩笑。儿孙满堂的人爱听这样的玩笑。气氛终于好转了，我趁机给他俩分析了江秀芳的病情。弟兄俩闷着头抽烟，显然，对江秀芳的病情他们都心知肚明。气氛又一下子沉默下来。江铁林干脆脱下鞋子抠脚丫，抠得直咧嘴，看得出他脚气重得很。

江铜林老婆端上红烧鳊鱼。她长马脸、三角眼、薄嘴唇，插话道，秀芳不还在病房么？有的人昏过去三年五年都能活过来，电视上前天还放过一个十多年的植物人都活过来了。

我向她解释，那叫植物人，植物人有自主呼吸，但秀芳没有，只能靠呼吸机维持，一拿掉，心跳就没了。

江铜林爬起身，晃着圆乎乎的大脑袋，瓮声瓮气地说，那就不拿掉，不拿掉人不就活着？

江铜林老婆帮腔，不就是舍不得钱么？钱是个好东西，但它是身外之物，生不带来死不带走。江铜林老婆话中有话。显然，她还在对王卫东要那五万块耿耿于怀。

王卫东只顾闷着头喝酒，喝完一杯又自己斟满。我怕他喝多，不肯让他再喝。江铜林老婆对王卫东说，听说"狐狸眼"常常深更半夜上你家找你？她怕我不认识"狐狸眼"，专门给我解释，想必李主任也听说过那个骚货吧，四乡八邻的人都晓得她没裤腰带。

王卫东火烫了一般站起来，连连摆着手，这怎么可能？她吸储，想让我把钱存她那儿。

江铜林老婆不怀好意地咧开嘴，冷笑道，吸储？她怕是想吸人吧！苍蝇还会叮无缝的蛋？

江铜林老婆"啪"的一声拍死了那只苍蝇，还用苍蝇拍挑下地。我见话越说越远，赶紧刹车，说喝酒喝酒。但怎么还喝得下去呢？话不投机半句多，来之前我还对做通江家两弟兄工作信心满满。但现实告诉我，今天这种场合已无法再进行沟通。

失望之余我只得一个人抽烟，埋下头看桌下的狗起劲地嚼骨头。那是个小花狗，第一次来时还冲着我吼，但第二次就认识了，听见我的声音远远地就摇尾巴。

王卫东觉出了我的失望，端起酒杯跟我打招呼。我不想再喝了。他便又扭过脸对两兄弟解释，两个舅舅，李主任说的是医生的意见。虽然他不是医生，但说的是实话。

不料这一来却惹怒了弟兄俩，江铜林猛地一拍桌子，骂道，混账，医生这么说的？医生这么说为什么不拔掉呼吸机？

江铁林也终于穿上鞋子，撑着身子乜着王卫东，哪个医生说的？你叫他当面来和我说，下午我没事，在家等着。

王卫东耷下头，霜打了的茄子似的，有气无力地趴在桌上。酒已喝不下去了，草草收场。记不清怎么回来的，路上谁也没有吭声，垂头丧气像打了败仗。车到村口时王卫东突然摔了一跤，两个人一齐滚下渠道，成了两个泥猴子。

我上了公交车，王卫东还站在那儿抽烟。等我回头望时，王小亮正在跟王卫东争吵着什么。两个人互不相让，吵着吵着便拿手戳着对方，特别是王小亮，更像一只亢奋的斗鸡不停地上蹿下跳。

5

垂头丧气回来，整整一夜未眠，脑子里不停地切换着这两天遇到的情景。王卫东乱蓬蓬的白发，江秀芳瘦得只剩下骨架的身子，王元庆成天疼得咧着的嘴，还有王小亮那公鸡似的头。我挡住江铜林他们别进来，但他们的吼声仍回响在耳边，挥之不去。

妻子急得叹了半夜气。难怪呀，整个医院，像江秀芳这样离不开呼吸机的只有三个人，一个是离休干部，有国家养着，不管多少费用都不用自己掏，连护理人员的工资公家都包了，多活一天，家人还可多拿他一天的工资。另一个是大老板的母亲，大老板年轻时不学好，愧对母亲，母亲多活一天他少一份内疚。大老板刷卡连账单都不看。但王卫东耗得起么？剩下的六十几万能用多长时间，用光了又怎么办？

我埋怨，这呼吸机是个现代化的东西，但应了那句老话，任何事物都是正反两面。妻子气得直跺脚，连说了几声窝囊，她恨铁不成钢，责怪王卫东优柔寡断，烂泥扶不上墙。我劝她，还不至于无路可走，江家兄弟不都说了，医生怎么说的？何不把他们带到医院来，让他们直接问医生。

我相信这是最后一招，说不定也是最有效的一招。帮人帮到底，我决定再去一趟江湾，把他们弟兄俩直接带到医院去。

医生那边已不需要再沟通。年前就找过他们多次，包括主任、院长。我借了部车子，把江铜林接到了医院，江铁林和王卫东在院门口会合。

医院里人满为患，处处排着长队，连厕所前都挤满了人。江铜林感慨，现在生意最好的恐怕就要数医院了，这医院一天赚多少钱呀！他好奇地望着大厅里挂着的一条横幅——深入开展药品回扣自查自纠工作——停下来问我，是不是又要抓人了？没等我回答，便愤愤地吐着唾沫发牢骚，医生穿白大褂，可心一个比一个黑，几角钱的药卖几十块上百块，几千的支架收几万，涨了十多倍，不抓还行？

江铜林愤怒得满脸通红，两眼冒火。江铁林望着他，觉得好笑，阴声怪气地反问，你能把全国的医生都抓起来？谁给你看病？

人来人往，吵吵嚷嚷，但看得出医院从上到下都笼罩着一种紧张气氛。几个熟识的医生看见我们了只点点头，匆匆而去。

上到十三楼，重症病房。医生办公室门口拥了一堆人。想拨开人群进去找医生，但拨不开。医生办公室里乱糟糟的，一会儿后又突然传来激烈的争吵声，一阵紧似一阵。一问，才知道一个病员家属怀疑多收了费，双方争执不下。病员家属人高马大，脖子上文着青龙，二话不说一掌扇飞了医生的眼镜。医生见势不好赶紧拾起眼镜夺门而逃，但走廊上全是人，哪里跑得了。最终还是被大汉抓住，按在地上一顿拳打脚踢，医生痛苦得满地翻滚痛叫。

打人者被警察带走了，但紧张的气氛久久没有散去。我们好不容易才找到值班医生和主任，显然，他们还没从刚才紧张和愤怒的情绪中调整过来，个个警惕地拿眼望着我们。尽管我们都是熟人，但他们连我伸过去的手都不肯握一下。

值班医生和主任小心地回答着我们的问题。他们的答复严谨，滴水不漏。值班医生说，该病人将来能自主呼吸的可能十分渺茫。江铜林对这个回答不满意，直接问，你说救得活还是救不活？

值班医生喝了一口茶，不耐烦地翻着桌上的病历。我知道那病历他不知翻了多少次，现在纯属做做样子。值班医生把病历翻了五六遍，又把刚才的话重复了一遍，并特意加上一句，我们的态度已十分明确，据我们所知，上海大医院也是这样回你们的。说完拿眼睛的余光扫着王卫东，谦和地说，这是我们医生的意见，当然，医生会充分尊重家属意见的。

王卫东不知听懂了没有，只是机械地连连点头。

江铜林抓起桌上的笔，递给值班医生，这样吧，医院出个证明，说这人没用了，我们就不看了。

值班医生抬起头，透过铜钱厚的镜片望着江铜林，像望着一个外星人。他的嘴张得大大的，能塞下一个鸡蛋。值班医生撑起身，摊开双手摇着头，笑话，我做了一辈子医生，哪开过这个证明？

值班医生逃也似的走了，手机也忘了带，嘟嘟地在桌上响个不停。江

铜林追出门,冲着消失在拐弯口的两个白大褂吐了口唾沫。江铁林冲桌上的手机呸道,穿的白大褂,放的白屁!

6

回到家蒙头就睡,我感觉头胀得笆斗大,不住地往外裂,脑浆在里面荡来荡去。床成了一块烙铁,我爬起来,几次跑到外面透气。妻子还在客厅看着电视,里面放的一档民生新闻,开发商欠薪,农民工爬到楼顶跳楼。又是跳楼!我没好气地对妻子说,深更半夜的看这东西闹心不闹心?

妻子知道我还在为王卫东窝火,"啪"的一声关了电视,埋怨道,庸人自扰,绕来绕去有什么用?要是我去,早解决了。

我问怎么解决?

妻子拍上门,丢下一句冷冰冰的话,不都是为了钱么?

我蒙了,木桩似的戳在那儿。突然,我的头像被木棒猛击了一下,妻子的意思是……我惊出了一身冷汗,浑身战栗。

夜里做了一个噩梦,梦见江秀芳的九十一万用完了,医院不许她再待下去。王卫东只得东借西借,但一分钱也没借上。只得卖房子,房子也卖不出。苦苦哀求医院,医院也死活不松口。王卫东急得爬到医院楼顶,二话没说便往下跳,我急得伸手去拉,没拉住,拼命大喊,卫东,卫东!

次日一早,天刚亮,手机便响了,王卫东打来的,他瓮声瓮气地说已到了我家门口。

拉开门一看,王卫东真来了。他依然蓬着一头乱发,敞着羽绒服,不停地喘着粗气。我把他让进屋,他一屁股坐在沙发上,气愤地说,都是你,你做的好事。

165

我丈二和尚摸不着头脑，不停地拿手揉眼睛。他脱掉羽绒服，露出瘦削的双肩，红着脸，竹筒倒豆子似的向我开起连珠炮，全村都传开了，说我请你出面，不让医院救秀芳，省下赔偿款独吞，还说我和那个"狐狸眼"早好上了……

我只觉得眼前一黑，满屋都在冒金花。耳朵里已经听不清王卫东在说什么。脑子里糊成一片，更要命的是，胸口在往外鼓气，嗞嗞的。鼓得肺部成了一个大气球，整个人都要爆炸了。

这时候，我突然想起江秀芳使用的呼吸机，我想，此时的我是否也需要呼吸机呢？

发生

□ 蒋一谈

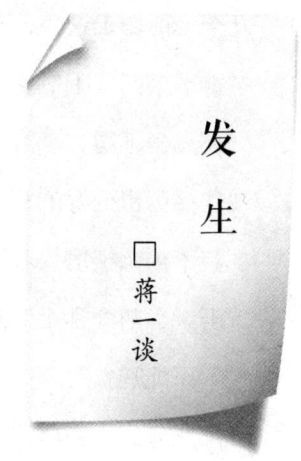

  雨落下来，开始是凌乱的，后来变得有节奏了。他站在胡同口，默默看着几个工人站在烟囱顶端挥动铁锤，碎砖卷起的烟尘在雨雾里四散飘落。这根大烟囱是在他三十五岁那年竖起来的，如今三十四年过去了，街道和周围的建筑物变了又变，胡同也在变，那些临街的平房变成了一间间小商铺，而胡同里面那些老旧的房屋，等待着随时被拆除的命运。

  去年春天的一个傍晚，他也是站在这个位置，两个二十岁左右的女生走过来，停下脚步，专注地望着烟囱。一个女孩说："顾城十二岁的时候写过一首《烟囱》的诗歌，你还记得吗？"另一个女孩说："记不全了。"问话的女孩轻声念道："烟囱犹如平地耸立起来的巨人／望着布满灯火的大地／不断地吸着烟卷／思索着一件谁也不知道的事情……"女孩眯起眼睛，若有所思地点点头。

几个老街坊走过来，一边说话，一边感叹。

"拆了烟囱，咱们这条胡同也快拆了吧……"

"还真舍不得。"

"住楼房也挺好的。"

"我不稀罕楼房，我愿意住在这儿。"

"听说，前面那个寺庙也会被拆掉。"

"不可能吧？"

"那座寺庙上百年了，我奶奶小时候就在里面烧香。"

"唉……"

"拆就拆吧，我们也拦不住。"

他在一旁听着，没有加入对话，心里有些伤怀。

雨更大了。他往房檐里面挪了挪身子。一个戴黄帽子的工人边抽烟边跟路人打趣："这年头，啥事都有啊。刚才有个姑娘，想买从烟囱上拆下来的砖头，买七十二块，有零有整，我们工头要了她五百块钱。"工人龇着牙，伸出五根手指头，"这姑娘没还价。买这些旧砖头干啥啊！"

雨打湿了路面，现在正在慢慢溅湿他的鞋面，他只是看着，没有把脚缩回去。春天的雨是温润的。他伸出手，触碰着雨丝。他这样想，如果时间在这个季节停下来也是挺好的，时间停下来了，一切也都停下来了，大家也都安生了。

他叹了口气，眼神有些恍惚。三年前，妻子去世之后，他看待世界的眼神发生了明显的变化。他突然发觉自己老了，虚弱了，思维的能力被生生掠去了一大半。家里有三面镜子，一面在墙上挂了二十多年，一面放在桌上，一面摆在女儿的房间。他收起了桌上的镜子，放进了衣橱；那面固定在墙上的镜子，拆下来可能会裂掉，所以他尽可能视而不见——他不想在镜子里看见自己乱蓬蓬的头发和日渐衰败的脸。前年秋天，女儿出嫁后，家里只剩下了他一个人。女儿希望他把那间空房租出去，拿租金报名参加夕阳红旅行社，去外面散散心。女儿暗示过他，要是他还想找一个老伴，她会不太乐意，但也不会阻拦。他没有把空房租出去，也没有找老伴的心思，他只是想，女儿的房间在，屋里的摆设在，他什么时候想女儿了，可以打开房门进去坐一坐、看一看，这样会好受些。

昨天晚上，他一个人看电视剧，一个躺在病床上的垂死男人对女儿说："人这一生，十年是一张，花一张少一张，我还没花完七张，老天爷就把我的账号给封了……"男人的话像一块大石头，堵住了他的胸口。他关了电视，坐在院子里，坐了很长时间，觉得自己就像一根孤独的干木头。人这一生，既无常又没意思。他抬起头，看着夜空的月亮，好像看见妻子临死前痛苦的脸。他现在唯一遗憾的是：三年前，看着妻子躺在病床上活活受罪，他毫无办法，只能偷偷抹眼泪，像个废物。

这一夜，他躺在床上，昏昏沉沉的。半梦半醒的滋味已是常态，他吃了两粒安眠药，总算睡到了天亮。他望着灰蒙蒙的窗外，不知道接下来的这一整天该怎么过。吃饭、睡觉、看书、看电视、出去散步，无非就是这些。女儿出嫁前，他为女儿做饭洗衣，等女儿下班推门回家，叫他一声爸爸，心里有实在感。现在女儿出嫁了，他感觉自己的脚和手悬空了，生活的重心消失了，他不再有心情推开厨房门，做饭、吃饭的时间不再规律，他也不愿意主动去街坊邻居家串门聊天——都认识几十年了，还能聊什么呢？

简单洗漱后，他走出家门，走进胡同口的小吃店，买了一根油条、一份咸菜，喝了一碗豆腐脑。他抬起头，烟囱在一夜之间完全消失了。现在，他的视线已经没有烟囱阻挡，可以望得更远，可是又有什么意义呢？

天空彻底放晴了。他把被褥抱到院子里，挂在绳子上晾晒，做完这几个动作，后背竟出了汗。他在椅子上坐下，拿出一根烟，一个女孩的身影出现在眼前。女孩推着一辆自行车，摇摇晃晃的，车筐里有不少东西。她停稳自行车，走到邻居家门口，开始敲门。她轻声敲了两下，等待了几秒钟，又敲了两下，不经意回头看见了他，淡淡一笑。

"姑娘，这家人不常在城里住，现在可能在郊外。"他说。

"哦……"她后退半步，看着他，问道："叔叔，那你家是四十七号，对吗？"她的声音很好听。他点点头。女孩从车筐里拿起一个用报纸缠裹的东西，慢慢走过来。他站起身，看着女孩，觉得女孩的年龄比自己的女儿小一些。

"叔叔，这是给你的。"女孩把手里的东西递过来。

"什么？"他有点意外。

女孩打开报纸，他看见一块红色的砖和一张烟囱的照片。砖面上写着一行字：豆瓣胡同四十七号。他接过红砖和照片，心里不是很明白。

"叔叔，你在这儿住了多少年？"

"四十多年了。"

"这块砖……是从大烟囱身上拆下来的。"

"哦……"他还是有点迷惑。

"我想送给你。"女孩说。

"为什么？"

"我想……把烟囱的记忆留在你家里。"

他眨眨眼，忽然明白了。"好，好！"

"谢谢。"

他笑着摆摆手。"不用谢。"

"得谢谢你，因为你帮我完成了一次艺术活动。"

"艺术活动？"

女孩点点头。"在这条胡同里，住着七十二户人家，我买了七十二块砖，一家一家送过去，我已经送了四十七块砖，四十七幅照片了。"

七十二户人家。他在胡同里住了这么久，今天还是第一次知道这个确切数字。不过，他也知道，这几年，很多老街坊把房子租了出去，胡同里住了不少外地人。"姑娘，坐，坐，喝杯茶。"他搬来椅子，让女孩坐下。他在一旁倒水的时候，女孩说："两个月前，我看新闻，知道豆瓣胡同前面的烟囱要拆除了，我就在胡同里租了一间小房子，准备这个艺术活动。"

"就你一个人吗？"

"嗯。"

"这些砖很沉的。"

"没事，为了艺术，我不怕累。"

艺术。这个字眼扎进他的脑仁。在他的意识深处，只有绘画、音乐、电影、雕塑和文学作品，才是艺术。他把水杯放在小桌上，再次端详手里的这块砖。"艺术……我不是太明白……"他有些不好意思，"你这是什么艺术活动？"

"从生活中来到生活中去的艺术。"

"从生活中来……到生活中去……"他小声念着这句话，想起当年的上山下乡运动，从农村中来……到农村中去……他笑了笑，点上一根烟。

"叔叔，艺术是无处不在的，就像生活一样……艺术也和生活一样，也都会消失，成为回忆。"

女孩的话让他想了又想，还是没有完全理解。

"你在这儿租了房？"

"特小的房间，写字、放砖用的。砖放在外面，我怕淋湿了。我住在十五号院。"

十五号院离他这里不远。他点点头。

"叔叔，你拿着砖和照片，我想拍张照，好吗？"

"好，好。"他发现女孩的胳膊肘有好几条划痕，还沾了不少红色粉末。

女孩拍完照片，站起身。"我得走了……对了，叔叔，我想把你邻居家的这块砖放你这里，等他回来的时候，麻烦你送一下，好吗？"

"没问题。"

"谢谢叔叔。"

女孩把那块砖拿过来放在桌上，脸上挂着笑，女孩脸上的汗珠似乎也在笑。他看着女孩推着自行车往外走，感觉到心情舒朗。他突然想起什么，对女孩大声说道："姑娘，如果其他家没人，你就把砖头放我这里吧，我帮你送。"女孩停下脚步，回头看着他，抿紧嘴唇，用力点了点头。

他摩挲着砖头和照片，内心五味杂陈。整整三十四年过去了。他住在这条胡同，在这里结了婚，有了女儿，女儿长大了，妻子去世了，这根烟囱见证了他从一个小伙子慢慢步入了老年光景。男人老了，心里的那股劲儿也消退了，他只是没想到，这股劲儿会消失得那么快，好像对他一点也不留恋，好像在他身体里生活了几十年，腻味了，想尽快逃离他。

他把红砖和照片放在书架上，琢磨着女孩的话：艺术和生活一样，无处不在……艺术也和生活一样，都会消失，成为回忆……他眯着眼，思来想去。

傍晚时分，女儿回到了家，给他带来了平常爱吃的带鱼。他非常高兴，在狭小的厨房里为女儿炒菜做饭。女儿看见书架上的红砖和照片,扭头说道:"爸,你也有这砖头啊。"

"一个姑娘送来的。搞艺术的。"

"她没骗你钱吧?"

"骗我钱?"他脸上带着笑,小声念叨了一句。

"我刚才听见他们在说砖头的事儿。"

"说什么?"

"说那个女孩怪兮兮的,还有人把砖头和照片扔出来了。"

他放下手里的刀,提高声音说道:"说这话的肯定是外地人,他们不懂,别听他们乱说,我觉得女孩挺好的,人家在做艺术。"

"艺术?"女儿笑出了声,"咱们这条胡同还有艺术?"

他不再说什么。锅里的油翻滚着,等着他把带鱼放进去。女儿一边翻看手机,一边说:"爸,我今天不在家吃晚饭了,老板刚发来短信,让我去陪客户。我走了。"他看着翻滚的油,眉头微微皱了一下。听见女儿的脚步声越来越远了,他叹了口气,伸手关了煤气,找出保鲜袋,把带鱼装进去,然后走进屋把保鲜袋放进了冰箱。

他洗手,不停地洗手,好像洗手是他今晚最重要的事。他顺手洗了一把脸,也不擦,让水珠顺着皱纹往下淌。天色渐渐暗下来,他听见了谁家的欢声笑语,心里更显空落。他打开电视,调了几个频道,又把电视关上了。屋里非常安静。他和妻子的合影照摆在衣橱上面,妻子笑吟吟地望着他,似乎在跟他说话:"我在那边挺好的,你放心吧。"此刻,只有抽烟能平复心情,他抓起烟盒,烟盒空了,他继续找烟,烟盒还是空的。他忽然气急败坏起来,一脚踢翻了小板凳,愣愣地站在那儿。或许过了两三分钟,他慢慢弯下腰,扶正小板凳,走出门买烟。大街上都是来来往往的陌生人。

夜色彻底笼罩了整条胡同。他没有目的地往前走，或许过了两三个十字路口，他随着人流右拐，穿过斑马线，接着往左拐去。不知不觉，他走到了护城河边，那里人头攒动，看不清人脸。他顺着栏杆走下去，在一个僻静地停下脚步。河面倒映着对岸楼顶上的霓虹灯，灯光组合出的图形随波荡漾，一会儿模糊，一会儿清晰。他看着河面，眼神开始发虚，那些光影似乎在向他发出暗示和诱惑，老伴走了，女儿大了，也没什么牵挂了，跳下来吧，跳下来吧……他闭上眼睛，脚底下轻飘飘的，有一股力量正在生成，想托举他跨过栏杆，耳边的蚊子好像也在为他欢呼，他感受到了轻盈，同时感受到了深深的哀伤……三四个相互追逐的孩子撞醒了他，他抓紧栏杆，身体半蹲下来，额头上汗涔涔的。他不敢在岸边继续停留，急急忙忙走到路边，拦住了一辆三轮车。

他没有感受到死亡的解脱，也没有感受到继续活下去的理由。城市的光影在眼前晃悠，这些绚烂和迷人的气息跟他毫无关系。三轮车夫一路蹬踏，嘴里哼着小曲，他忽然很羡慕眼前这个靠卖力气赚钱的年轻男人，他有家人要养活，这是他继续生活下去的最大理由。事实上，在过去的年月里，他吃过很多苦，也没有赚过很多钱，日子一天接着一天，却是实实在在的。他闭上眼睛，想大醉一场。

他在胡同口下了车，多付了一倍的车费，三轮车夫很诧异，他摆了摆手。街上灯光明亮，胡同里显得灰暗，众多的飞蛾扑向墙上的灯泡。他忽然想去看看那个女孩，她住在十五号院，就在前面菜市场左边的小胡同里。他加快步伐往前走。十五号院是一个大杂院，大门敞开着，一条小狗蹲在那儿，朝他摇尾巴。他顺着亮灯的窗户往里走，一个女人正好推门出来，差一点发出尖叫。"你……你找谁……"她的声音在发抖。

"我住在前面……来找一个朋友……"

女人似乎认出了他,在暗影里点了点头,随后拉上了门。

他继续往里走,看见一小扇亮灯的窗户。他轻手轻脚走过去,看见女孩正在砖上写字,他的心脏竟怦怦跳动起来。女孩忽然伸了个懒腰,他急忙屏住呼吸,后退了半步。他再次慢慢靠前,移动视线,发现桌上的方便面、半瓶矿泉水和一包打开的饼干。他不知道接下来该做什么,有一刻,他想出去给女孩买点吃的,可是又觉得太唐突;他也不敢敲门,生怕惊扰了女孩。他犹豫了好久,最后决定转身离开。

他是带着笑离开的。胡同里没有了人影,也没有更多的光照,一块砖头绊了他一下,他没有像往日那样骂骂咧咧的,而是弯下身拾起半截砖头。借着胡同里的光,他看见写在砖头上的四个字:豆瓣胡同。门牌号不见了。他知道,这是一块被人扔掉的砖。他往家走,邻居家的灯光还是没亮,他在门前侧耳听了一会儿,没有听见其他声音。回到家,他在屋子里站了好一会儿,脑子里一直闪现着女孩的身影。他洗漱完毕,在床上躺下,女孩的影子还在眼前晃悠。隐隐的春雷从天际传来,好像又要下雨了。他闭着眼,嘴角带着笑意,等他慢慢睡着的时候,已是子夜时分。

雨在前半夜飘落下来,静悄悄的。第二天早晨,雨停歇了。他忽然在半梦半醒之间听见了女孩的声音:"叔叔……你在家吗?"他马上清醒了,急忙坐起身,回应道:"在!在!"他下床穿衣,揉了揉脸,用力整理头发,打开了房门,没看见女孩的身影。他走出屋门,四周静悄悄的,房檐上的雨滴落在手臂上,让他意识到刚才是在做梦。他落寞地走回屋,在床沿上坐下,再也没有了睡意。他在想,女孩把砖都送出去了吗?

他洗漱完毕,急急忙忙前往十五号院。女孩不在房间,五六块红砖摆放在窗台下。昨晚撞见他的那个女人，正在水池边洗涮拖把，她直起身，说道："昨晚你就来过吧？女孩走了，今天一大早走的。"

"哦。"他回头看着女人。

"你认识这个女孩吗？"

他欲言又止，往门外走去。女人的声音跟在他的身后："女孩真不容易，一个人把这些砖往各家送，还有人不领情，把砖扔出来。"他停下脚步，回转身。

"不要就不要呗，扔什么呀。"女人接着说。

"是！是！"

"窗台下的砖是女孩捡回来的。"

"她还会回来吗？"

"可能不回来了吧，屋里的东西都收拾干净了。"

"我……我想要那几块砖。"

女人愣了片刻，笑起来，低头继续涮拖把。他紧走几步，蹲下身，使出全身的力气抱起湿漉漉的红砖，一步一步往外走。路边停着一辆三轮车，他把双手放在车座上歇息，调整着呼吸。这些年，他还是第一次干这种体力活。回到家之后，他把砖小心翼翼放在桌上，一屁股坐下来，大口喘着气，双手和双臂沾满了粉屑，在不停地发颤。他抓起茶杯，一饮而尽。眼前的红砖是实实在在的，他一路辛苦抱回家，可是为什么要这样做呢？他想给自己一个解释，可是又实在想不明白。他兀自笑了，笑了很长时间。

红砖上的门牌号已经模糊不清。他努力辨认，隐约看见六十七号，这是老孙家的门牌号。其他的门牌号无论如何辨认不出了。他找出一张报纸，把红砖包好，走出屋门，走向老孙的家。他控制不住自己的情绪，觉得这是他今天必须要做的事——非如此不可。老孙拉开门，脱口而出："你这老哥们儿，见你一面真他妈不容易！"他指了指老孙，把手里的砖放在桌上。

"这是啥？"

"你扔出去的东西，我帮你捡回来了。"

"我扔出去的东西？"

"真想不起来了？"他解开报纸，红砖露了出来。他接着说："烟囱在胡同对面立了三十多年，现在拆了，一个女孩买来砖，送给咱们留个念想。"

"我想起来了！"老孙一拍脑门，"那天我恰巧不在家，是我的新租户扔出去的，他不懂，还以为女孩有精神病，砖里有毒呢！"

他摇了摇头，看着老孙，说道："老孙啊，我们应该感谢那个女孩，人家不图什么，就是想把我们过去的回忆留存下来，这是她的好意，这砖……也是艺术。"

"艺——术？"老孙拖长了音调。

"是艺术。"

老孙哈哈大笑起来。"我不懂，这砖头能有啥艺术。"

"我越琢磨，越觉得这是艺术。"他说，手指摩挲着红砖。

老孙瞪大眼睛，竖起大拇指，说道："你这老哥们儿，真行！"

他轻叹一声，说道："在这条胡同里住了几十年，不瞒你说，我还是第一次思考艺术的事……"他摇了摇头，语调渐渐变弱了，"还真是第一次思考艺术的事……"他摸了摸红砖，站起身。

"这块砖，我收着了，你放心吧！"

"收好，收好！"

"这么快就走啊，抽根烟再走吧。"

他摆了摆手，默默走了出去。

177

接下来的日子里,他的心情是平和的。摆放在书架上的红砖,被他擦得干干净净,上面的纹理和缝隙清晰可见。他欣赏着这几块红砖,嗅闻着砖土的气息,思绪会飘出去很远。但他还不知道女孩的名字,这是他心里的遗憾。这一天,女儿回到家,看见书架上又多添了几块砖,脸色马上变了,想把砖扔出去,他拦住了。两人为此争执了几句,女儿气呼呼离开了家,他喝了一晚上的闷酒。

他不知道自己是何时上床睡觉的。时间到了后半夜,他突然醒了,浑身不自在,肌肉酸胀难受。屋里的灯亮着,屋门半开着,酒瓶和酒杯滚落在地上。他闭上眼睛,知道自己受凉感冒了。感冒药在抽屉里,伸手就能够着,他没有去拿。他觉得恶心,肠胃不停地翻腾,头垂在床沿上干呕了好几次。此刻的夜晚是最寂静的,就像一大桶凉水,将他内心的孤寂和伤感冲刷了出来,冲得满屋都是,把他的眼眶也冲湿了。他想接着睡,就这样昏沉沉睡过去,再也不要醒来。

当他迷迷糊糊醒来的时候,已是下午时分。屋里的灯灭了。他挣扎着直起身,慢慢下床,穿上衣服,看见一个女孩站在门外。

"你是……"他走到门口。

女孩转身,笑着说:"叔叔,你醒了。"

他认出了女孩,却又不敢相信自己的眼睛。他扶着门框,浑身虚弱无力。女孩急忙扶住他,问道:"叔叔,你病了?"

"昨晚受点凉……"

"吃药了吗?"

他摇摇头,在椅子上坐下,拉开旁边的抽屉,取出感冒药。女孩倒了一杯水,他接过茶杯,没有看女孩,或者说,他在努力回避女孩的眼神。

他吃了药，喝完杯中水，长长地喘了一口气。

"我是来给你送照片的。"女孩拿出照片，举到他面前。照片上的他，一手举着红砖，一手举着照片，笑吟吟的，他的身后是那堵垂挂着青草的老墙。女孩的身影和语气让他的精神好了许多。

"姑娘，你……你叫什么名字？"

"夏天。"

"夏天？"他以为自己没有听清。

"夏天，叫我小夏，或者小天，都行。"

"好……好……"他觉得叫她夏天更好听。

夏天突然发现了书架上的几块红砖，她抑制着呼吸，没有马上起身走过去。

"夏天，谢谢你……"他由衷地说。

"为什么？"

"你……你让这条胡同有了艺术……"

夏天低下头笑了。

"这条胡同，说不定什么时候就不见了……"他的语气弱下来。

"我听说过几天，前面那座寺庙也要拆掉了。"

"唉……"

夏天抬起眼帘望着他："叔叔，你喜欢这样的艺术吗？"

他点了点头，笑了。"喜欢，可是不太懂。"

夏天也笑了。

"我有一个女儿，比你大一些。"

"我今年二十五岁。"

"我女儿二十九岁，我要孩子晚。"

"哦。"

"我女儿去年结的婚，你还没结婚吧？"

"嗯。"

"你有男朋友吗？"

"他在荷兰。"

"河南？"

"他是荷兰人。"

他点了点头。"他做什么工作？"

"艺术，他是艺术家。"

"你做什么工作？"

"我没有固定工作，我现在做的就是我的工作。"

"我不是太明白。"

"我的理想就是做一名艺术家。"

"这工作能挣钱吗？"

夏天笑了笑，说："这是一份需要花钱的工作，我做工赚钱，然后养自己的艺术。我和男朋友有共同的理想。"

他陷入了沉思。

"大学毕业后，我可以找到稳定的工作，可是我喜欢自由，喜欢想象，喜欢发现趣味和美妙的东西。我很感谢我的男朋友，如果没有遇见他，我不会选择这样的生活方式。"

他看着夏天，等待她继续说下去。

"你想看看我男朋友的艺术作品吗？"

"好！好！"

夏天从背包里拿出电脑，放在桌上，然后找到文件夹，打开一幅幅图片，给他慢慢展示。第一个作品：风车。他看见欧洲美丽的景致，鲜花，白云，羊群，树林，还有一排排风车，矗立在田野里，显得威风凛凛；风车转轮上面吊挂着一面面四方形的大镜子，风车转动，大镜子也在转动，不停地闪闪发光，白云倒映在镜子里，远处的羊群、汽车和行人，倒映在镜子里……他看入迷了，但在这一刻，他只是感觉到神奇，并不明白为什么要在风车转轮上装上硕大的镜子。万一镜子碎了，该怎么办呢？

夏天看出了他的疑惑，对他说，在艺术家眼里，这个世界永远是多维的，我们看得见美丽的大自然，但我们眼里的大自然永远是平面的，是局部的，或者说，我们眼里的美丽，包括忧伤，都是局部的，因为人类的认知能力是有限度的；而风车上的镜子，能帮助我们看见不曾看见的，帮助我们发现不曾发现的。当然，镜子是脆弱的，易碎的，而镜子里的这个世界，不也是扭曲、脆弱、易碎的吗？听完夏天的解读，他好像明白了许多。

第二个作品：水床。看见这个标题，他这样说道："我知道水床，我在家具城看见过。"

夏天笑了笑，打开文件夹，点开作品视频：洁净的欧洲城市，晴朗的天空，绿莹莹的树林，男男女女在愉快地行走。镜头转向街道边的一个池塘，十几个工人拖来一块巨大的绿草皮，慢慢覆盖在池塘上面，他们蹲下身，用工具固定好草皮，然后闪到一旁。一个过路的男生首先被吸引过来，他前后左右看了看，试着踏上草皮，草皮一下子塌陷下去，随后又弹起来，他吓了一跳，后来觉得草皮是安全的，便索性躺下来，开始在上面打滚，草皮随着他的动作上下起伏，像翻腾的绿波浪。更多的行人走过来，在草皮上面走，草皮陷下去、弹起来，陷下去、弹起来，他们也都集体笑起来。

看着这一幕，他有一种既愉快又眩晕的感觉，他也想在草坪上走，也想躺下去，闭上眼睛，让阳光照在脸上，那些在眼皮上闪烁跳跃的光线，像水面静谧的波光。他闭上眼睛，内心里充满了感动。当他睁开眼睛的时候，工人们正在拉走草皮，那片池塘重新恢复了原样，四周静悄悄的，一个人也没有了，仿佛什么事也没有发生。

"我……"他迟疑了片刻，接着说，"我好像明白了你说的话……从生活中来，到生活中去……"他拿出一根烟，看了看夏天，又想把烟放回去。

"你抽吧，我不介意。"

他点上烟，眉头渐渐舒朗。"真是艺术家啊！只有艺术家才能想出来啊！"他连连感叹，神情很兴奋，"我也想做这样的事，可是我老了，不行了……"他自嘲地笑了笑。

"你真想做吗？"

他点点头，随后摆了摆手。"我哪行，我可没那脑子。"

"你可以试一试。"

他连连摇头，神情竟有些羞涩了。

"艺术也是生活实践，这种实践能让人更热爱生活。"

他看着夏天，眨了眨眼睛。

"想一想你最熟悉的生活环境，那里一定有你的艺术灵感。"

"我最熟悉这条胡同。"他肯定地说。

"那就从这条胡同想起吧。"夏天笑着说。

他静默了一会儿，忽然转过眼神，对夏天说："怎么想都行吗？"夏天看着他，说："按道理讲是这样的。这条胡同是生活区域，你可以多想能够简单操作，并且能够快速完成的事，不需要动用过多的道具，不需要改变现在的环境，却能让人感受到出其不意的新意和另一种胡同味道……"事实上，在讲述这段话时，夏天想到的是自己的父亲，她想帮助眼前这个男人，完成一次艺术实践活动。她的脑筋在急速转动，脸上渐渐浮现出笑意。

"你笑什么？"

"嗯……我刚才也在想艺术创意呢。"她有些小得意。

"说说看？"

"我想先听你的。"

"我……我能行吗？"

"不试怎么能知道自己行不行呢？"夏天调皮地笑了。

夏天留下电话号码，收拾好背包，准备告辞。他想请夏天吃晚饭，夏天说，等下次见面的时候再吃吧。两个人约定，三天之后见面，各自拿出胡同艺术实践方案。他把夏天送出胡同口，看着她慢慢走远，消失在人群里，忍不住在心里说："谢谢……谢谢……"他回转身，望着这条狭长寂静的胡同，脑海里闪回着下午观看过的艺术活动图片和视频，已经开始迫不及待地寻找灵感了。

豆瓣胡同。他看见钉在墙壁上的这四个字，突然有了第一个闪念：去超市买几十袋豆瓣酱，然后站在胡同口，分发给那些穿过胡同但不在这条胡同里生活的人，让他们牢牢记住，在这个偌大的城市，还有一条小小的豆瓣胡同。这个想法怎么样呢？他站在那儿，仰起脖颈，嘴巴半张，死死地盯着胡同标牌，整个人看上去像一个傻子。他越想越觉得这个想法既实在又巧妙。他兴冲冲走进小饭馆，点了一小瓶二锅头，一盘羊头肉，美美地吃起来。

这一夜，他睡得很踏实。第二天一早，当他走进超市，看见一袋豆瓣酱标价十二元时，心里又有了不踏实。买五十袋豆瓣酱，需要花费六百元，而他一个月的退休金只有一千八百元。他思前想后，决定给夏天打个电话。

183

夏天告诉他，这个想法很棒，他听了非常兴奋。不过，他随后在夏天的语气里听出了迟疑："将豆瓣胡同和豆瓣酱联系在一起，是艺术实践常用的方法，但是……这个艺术活动需要两个最基本的条件。"

"什么条件？"他有些紧张。

"既然是实物派送，派送数量最关键，如果派送的数量太少，参与的人数也会很少。"

他沉默不语，不知道该如何表达了。

"叔叔？"

"……"

"你在听吗？"

"我在听……一袋豆瓣酱十二块钱，买多了我买不起。"他的语调可怜巴巴的。

"如果花费太多，可以先不做这个艺术实践，一定会有其他想法的。"

"可是……可是我很喜欢这个想法。"

"喜欢和实践，是两码事。"夏天笑起来，"我已经有构思了。叔叔，加油！"

挂了电话，他在豆瓣酱摊位前站了好久。一位服务员走过来，问他需要帮忙吗？他问服务员，有没有小袋包装的豆瓣酱，炒一个菜用一小袋那种，包装越小越好。服务员笑着摇了摇头。他转身离去，嘴里一直念叨着。

天色暗下来，但时间尚早，他决定在胡同里转一转。蔬菜摊和水果摊前已经没有了人，小吃店里倒是挺热闹，两个小伙子光着膀子拼酒，嘴里吐出的尽是糙话。两条小狗相互追逐着，跑在后面的不小心撞上自行车，撞得挺厉害，躺在那儿半天没起来，跑在前面的小狗折返回来，在同伴身上嗅来嗅去，喉咙里发出嘤嘤的声音。如果胡同里的灯泡再多些，光线再亮些，小狗不会撞伤的，他这样想。

　　胡同里越来越暗了。前面几十米处有一家咖啡屋，透出红色绿色紫色混合的光线。他慢慢走过门前，看见一对情侣坐在里面接吻，忍不住笑了。若在以往，这一幕会让他难为情，让他心生感慨，觉得自己老了，与这个时代和城市格格不入了，被生活淘汰了。可是现在，他的思绪有了微妙的变化，看着眼前这对接吻的年轻人，他眼里的光柔和了，同时心里涌动着祝福，并发出了一声愉快的叹息。正当他准备转身返回的时候，咖啡馆门前悬挂的彩色灯泡吸引了他的目光。他突然有了新的想法，他想买一些彩色灯泡，挂在这条胡同里，每隔二十米挂一个，买十个灯泡就行，花不了多少钱，路人既可以得到光亮，夜晚的胡同也会显得有活力。他很兴奋，暗暗佩服自己的艺术想象力。

　　出了胡同，马路边有不少生活用品店和五金商铺。他花了一百块钱买了十个彩色灯泡，心满意足地往家走。一路上，他都在默记墙上哪个灯泡是坏的，哪个位置应该装上一个新的灯泡。他决定先把这个想法放在心里，等见到了夏天再告诉她。回到家，他一边洗澡，一边唱歌，唱到一半的时候，他才意识到自己已经有好几年没有唱过歌了。

　　为了等待这一天，他清扫了房间，理了发，剃了胡须，换上了干净的衬衫，去茶叶店买来了上等的花茶。他清洗好茶具，在桌上摆好两个青花瓷茶杯和一个茶壶。下午的阳光照在桌上，顺便把他的影子投射在地面上。愉快的影子。他的心里充满了期待。他点上一根烟，飘在半空的缕缕烟雾和光影混合在一起，在墙壁上变幻出缥缈无常的图形。现在的世界是静谧安详的，这或许是一个新的起点。

　　夏天来了，他先是看见了她的影子，急忙站起身，有点语无伦次了：

"夏……夏天……你来了!"夏天背着包,手里抱着一个纸箱子。她把纸箱子放在一旁,用手背擦汗,说:"叔叔,天越来越热了。"

"快喝茶。"他说,然后急忙改口,拉开了冰箱门,"我给你拿矿泉水。"

夏天一口气喝了大半瓶矿泉水。他看着夏天,突然有点心疼。夏天坐下来,咯咯地笑了,说:"叔叔,你做事情真投入啊!"

他不好意思地笑了笑,看着地上的纸箱子,说:"这里面……"

"是我的道具。"夏天晃了晃脑袋。

"道具?"

"嗯。"

"我也买了道具。"他大声说。

"拿出来看看。"

他从抽屉里掏出一个纸袋,从里面取出彩色灯泡,一个一个放在桌上,动作非常小心。夏天一下子就明白了。"我……我想在胡同里挂上这些彩色灯泡……我觉得这些年,这条胡同的气氛太沉闷、太压抑了,我想改变一下。"他神情激动地说。

夏天抿紧嘴唇,点了点头。"你想挂多少彩色灯泡?"

"先挂十只,以后灯泡坏了,我再买。"

"嗯……"夏天在思考。

"你觉得怎么样?"他皱着眉,追问道。

"你想做一名胡同电工吗?"

"什么意思?"他非常迷惑。

"叔叔,你的想法很好,可是想法太具体了,或者说太有规律可循了。"

"我不懂。"他喘了一口气。

"你实施了这个艺术活动,后续会发生什么,大家都会知道的。"

"……"

"这种艺术实践,需要打破规律,出其不意,快速实施,然后快速消失。"

这一刻,他越来越不明白了。"你的意思是说……我把灯泡挂上去之后,就是完成了艺术实践,即使后来灯泡坏了,我也不用去换新的,是这样吗?"

"差不多。"夏天郑重地点点头。

"可是……我还想着给胡同照明呢,胡同里光线太暗,路人不方便。"

"叔叔,这是另外一个话题。"

"我还以为,这个想法很好呢。"他点上一根烟,狠抽了一大口。

"叔叔,你会给灯泡接线吗?"

"我们家电线改道,都是我去做的。"

"好!"夏天一边说,一边打开纸箱子,从里面掏出一卷细细的电线,一个白色的瓶子。

"这是什么?"

"发光电线和感应液体。叔叔,我们可以合作完成胡同灯光装置。"夏天掏出笔,一边在纸上画图形,一边对他讲解,"这是胡同,我之前发现,到了晚上,胡同里会很暗,尤其是这一段胡同,差不多是中央位置的,五十米长,没有一个灯泡照明。我看过了,这个位置恰好有一个灯座,我们在那里接上发光电线,把电线拉下来,穿过地面,再把电线粘在另一面墙上,然后再把你买的彩色灯泡挂在胡同的两面墙壁上。做完这些,我们只完成了一半,我们要在发光电线周围的地面上喷洒感应液体,路人的脚踏在上面,电线和灯泡会闪闪发光,脚步离开感应液体之后,发光电线和灯泡会马上熄灭。"

他啧啧称奇，同时问道："经过的人……会不会被吓着？"

夏天笑了。"不会害怕，只会惊奇。"

"那……那以后呢？"

"感应液体的有效期为六个小时。"

"你是说，到了后半夜，这个艺术实践就不存在了，就消失了，对吗？"

夏天点点头，笑了。他也跟着笑了。

他们决定今晚就做这个灯光装置。在等待黄昏降临的时间里，他们聊了很多很多。夏天告诉他，她想在那座即将消失的寺庙里做一次艺术活动，她的想法得到了一家艺术基金会的支持，基金会负责人承诺，如果这次活动成功，会和她签署一份长期合约。他为夏天感到高兴，同时忍不住问道："你做这个艺术活动，我能帮上忙吗？"他很想感谢夏天。

夏天想了想，说："寺庙差不多荒废了，你扮演一个和尚吧。"

"和尚？"他哭笑不得。

"扮演和尚要剃光头发的，算了，我再找人吧。"

他没有继续接话。夏天说："做完这个活动，我去荷兰见我男朋友……"她边叹气边把纸箱子里的道具拿出来，"我们分别三个月了……"

他不知道说什么好了。

"叔叔，这些道具是留给你的，希望能给你带来快乐。"

"这是什么？"

"纸月亮。"

"纸月亮……"他摩挲着折叠起来的纸片。

夏天撑开纸片，纸片变成了一个圆圆的球体，上面还有一个开口，里面有一个灯座。她把一盏白色的小灯泡拧在灯座上，说："这个灯泡可以连续充电，放在上面，按下开关，可以自动发光三个小时。"

"真好看！"

"雾霾天太多了，月亮都是灰蒙蒙的。我做了一个纸月亮，一个艺术月亮。"

"艺术月亮……好……好……"不知怎的，此刻的他很感动。

"十五号院前面有一条窄巷子，宽度正好和纸月亮的尺寸相符，你用一根绳子，把纸月亮吊悬在巷子中间，路过的人只有把纸月亮抬起来，或者移开，才能侧身通行，也就是说，谁想穿过这条窄巷子，就得抚摸纸月亮，转动纸月亮，和纸月亮来一个亲密接触。"夏天双手环抱纸月亮，噘了噘嘴唇。

他沉浸其中，想象着夜晚的那一幕，纸月亮悬挂在半空中，发出明亮静谧的月光，他的周身顿时寂静无比。他听见了自己的心跳。

"纸月亮……会不会被人偷走？"他忽然有点担心。

"有可能，艺术实践存在多种可能。"

"那就太可惜了。"他的眉头皱起来。

"消失也是一种美……"夏天意味深长地说。

"可是……可是……"

"叔叔，你可以想象纸月亮飞走了。"

他想了想，释然地笑了。

黄昏降临，他们在胡同口的小饭馆里吃了一顿简单的晚餐。他突然觉得，他一定要为夏天做点什么，或者说，他想先为夏天扮演一次和尚，然后再考虑灯光装置的事。他对夏天说："我刚才看见一位老朋友,好久没见面了,我去跟他打个招呼,你慢慢吃啊。"他走出小饭馆,一路小跑,跑进了街边的理发店。他急乎乎招呼理发师,赶快理发,剃个光头,越快越好!

活到六十九,他从未剃过光头。秃瓢,秃瓢。他嘿嘿笑着,摸着光脑袋,脸上洋溢着满足感。当他走进小饭馆的时候,夏天正在低头打电话。他悄悄坐下来,看着夏天。夏天挂了电话,猛然间看见这一幕,嘴巴迅速张开,眼睛瞪得大大的。笑意在她的嘴角绽开,随后开始微微颤抖,她垂下眼帘,不想让他看见眼里的泪花。她深呼吸,深呼吸,深呼吸,把眼泪压了回去。

"叔叔……谢谢你……"

"快吃,快吃。"他把话岔开,嗓子眼里有一团棉絮。

两个人默默吃饭。过了一会儿,夏天告诉他,在寺庙里举办的艺术活动取名"青苹果"。他想,是这个季节吃的青苹果吗?

"叔叔,你喜欢吃青苹果吗?"

"喜欢吃。"

"我也喜欢。"

"为什么取这个名字呢?"

"我们去寺庙烧香,希望生活平平安安啊。"

他一下子就明白了。苹果。平安。

"我要买一百零八个青苹果。"

"佛珠好像也是一百零八个吧。"

"叔叔,你好厉害。"

他不好意思地笑了。他在想,他在这两三年笑的次数,也没有这几天多。

"我们两个人，把青苹果摆放在寺庙的院子里，按照佛珠的样子摆出来，一个半圆形，或许再绕一个弯，两个弯……每一个走进寺庙烧香的人，可以拿走一个青苹果……可以自己吃，也可以送给其他人……"夏天的眼神望向半空中的某一处，神情相当安然，"拿走一个，少一个，拿走一个，少一个……青苹果被一个一个拿走了，这个艺术活动也完成了……"他手举筷子，完全听入迷了。

　　"叔叔？"

　　"……"

　　"叔叔？"

　　他醒过神，脱口而出："我要去做衣服！"

　　夏天笑了："我已经找到裁缝店，明天去做，两天就能做好。"

　　"太好了！"他激动地拍了一下桌子。

　　如果本愿是纯粹的，现实发生的一幕幕就是真实自然的。身穿僧服的他，心绪平和，轻轻擦拭着青苹果，夏天接过来，一一摆好。寺庙的屋和墙，已经斑驳不堪，缕缕烟雾从主殿前的大香炉里飘出来。在这个过程中，基金会的工作人员走进来，在墙上放置了一台微型摄像机，然后朝夏天挥挥手，离开了寺庙。又过了一会儿，一个老太太走进来，手里举着一把香，径直走到香炉面前，默默点香，默默上香，默默祈祷。老太太转过身，看见眼前的和尚，问道："您是新来的法师吗？"他站起身，笑了笑。"唉……听说这庙要拆了。"老太太说。走到寺庙门口，接着说道，"这庙里好多年没法师了……"

　　他们两个人相互对视，沉默不语。十几分钟之后，青苹果摆出了佛珠的模样，夏天拍了拍手，边笑边说："叔叔，现在摆好了，我们两个人等待吧。"

"好!"

他们坐下来,静静等待着。

最先走进寺庙的是一条黄色的小狗,好像是流浪狗,对周围的环境充满了警觉。它站在那儿,望着两个陌生人,一动不动。夏天朝它招手,小狗渐渐放松,绕着圈子走过来,走到青苹果面前,开始用爪子触碰。

"小狗狗,想吃就吃吧。"夏天小声说。

小狗抬头看她一眼,随后快速咬住一个,撒开腿跑出了寺庙。夏天抿紧嘴唇,看了他一眼,他点了点头,抑制着笑意。他在想,在寺庙里做活动,应该神情庄重。

随后进来的是一对年轻的恋人。他们举香敬拜,然后深情拥抱,在耳边喃喃低语。他们几乎同时看见了地上的苹果。"苹果!"女孩非常激动,眼泪差一点流出来,"这个寺庙太好了!平平安安,事事平安,太好了!"

"这些苹果,是卖的,还是送的?"男孩问夏天。

"送给有缘人。"夏天说。

这对恋人拿走了四个苹果,两个放进了背包,然后一人拿着一个边吃边往外走。他们在门口消失几秒钟之后,男孩跑了回来,在寺庙门口朝他们挥手,大声说:"谢谢!谢谢!祝你们事事平安!"

五六个小孩跑进来了,其中一个是老街坊的孙子,男孩一眼认出了他,嘎嘎笑起来:"爷爷成和尚了,爷爷成和尚了……"

他也笑起来。"你爷爷呢?"

"爷爷成和尚了,爷爷成和尚了……"男孩喊叫着跑出了寺庙。

男孩的爷爷走进来,不敢相信自己的眼睛,一步一步往前走,身体是僵硬的,语气里含着紧张:"老哥,你……你这是怎么啦……出家啦……别想不开啊……"

他笑了笑,迎了上去。"我在参加一个艺术活动。"

"艺术活动?"老街坊满脸狐疑。

"我在扮演一个和尚。"

"真的假的?"

"真的。我没有出家。"

老街坊掏出两根烟,递给他一支,他看了看夏天,把接过来的香烟揣进了衣兜。

这群男孩坐在那儿,每个人都在吃苹果。一个男孩在寺庙门口大喊:"快来吃苹果啊!快来吃苹果啊!"喊到嗓子冒烟。很多人涌进来,他跟进来的老街坊解释,一个一个地解释,真像一个做错了事情的和尚。

青苹果,越来越少,越来越少,最后只在地面上留下淡淡的印痕。看着这一幕,夏天笑了,眼眶湿润了。

他们两个人,一路无语往前走。

走近熟悉的小饭馆,夏天说:"叔叔,我想请你吃顿饭。"

"不用,叔叔请你。"

"不,这次我请客。"

"好吧……"

小饭馆里的服务员,看见他进来,哧哧笑个不停。

一个说:"伯伯,你以后不能吃羊头肉了。"

一个说:"伯伯,你也不能喝酒了。"

他其实很想喝点酒,可是身上的僧服让他了却了念想。明晚再喝吧,他在心里说。

"葱、姜、蒜、韭菜、洋葱……书上说，和尚也不能吃这些有味的蔬菜。"厨师探出脑袋补充道。

他故意沉下脸，说："有完没完？"

大家再次笑起来。片刻之后，夏天小声说道："叔叔，我刚才收到短信，基金会的负责人说我很有想法，决定和我签约了。"

"好！好！"他由衷地高兴。

"你今天累吗？"

"不累，一点不累。"

"你想今晚做那个灯光装置艺术吗？"

"好啊！"

他们快速吃完盘中餐，此时的天色刚刚接近黄昏。他们抬着木梯，手拿工具，来到胡同中央。几乎家家户户都在做饭吃饭，四周无人。他们用最快的速度布置电线，挂上彩色灯泡。一两个路人走过来，好奇地看他们一眼，跨过电线，继续走自己的路。夜色渐渐弥漫，从光影里走过来的行人，走进这段胡同，好像消失在了黑洞里。他们俩把感应液体喷洒在电线周围，悄悄躲在远处，夏天手拿照相机，屏住呼吸，他紧贴墙根站着，感受到从未有过的紧张感。

一个女人走过来，他们看着她一步一步消失在黑暗里。二十几秒过后，彩色的灯泡突然在胡同里闪耀起来，女人发出一声尖叫，灯光灭了，接着又开始闪烁，女人再次叫出了声，不再是先前的尖叫，而是好几声惊叹。夏天连续拍照，抑制着笑声，他捂住嘴巴，可是笑声还是透过指缝传了出来。女人一会儿踏上感应液体，一会儿又跳出来，身影像在玩游戏，彩色灯泡一明一灭，绚烂的光影在胡同里回旋。

"真好啊！"他在心里说，"真好啊！"

女人大声笑起来。彩色光影消失了。周围安静下来。

"叔叔，你想试一下吗？"

"好！"

"你去吧，我给你拍照。"

"好！"

他走过去，越接近目标，他的步伐越小了。他闭上眼睛，一小步一小步走过去，好像在黑暗的时间隧洞里穿行，但他一点都不担心。五颜六色的光影亮了，在眼皮上面跳跃，他感受着，从内心深处感受着，时间仿佛虚无了，他的身体异常轻盈。夏天走过来，站在他的对面。他睁开眼睛，夏天咯咯笑起来。

他们穿过胡同，默默往前走。身后突然传来一个男人的叫声："我操！"这个男人被突然而至的光影迷惑了，他来回走了几次，最后悠闲地坐下来，掏出一根烟，慢慢点燃。他和夏天，看见一团一团彩色的烟雾在胡同里升腾起来。

夏天的手机响了。她接通电话，用英语和对方交谈，语气里满是渴望。他一句也听不懂，但他知道，电话的另一端是夏天的异国男友。挂了电话，夏天的神情既兴奋又黯然，好像变了一个人。"我……我想马上见到他……"她喃喃自语。

夏天告诉他，这次去荷兰，三个月之后才能回来。他走在胡同的阴影里，心有不舍；但在分别的时候，他努力笑出了声。

"夏天，我很佩服你。"

"叔叔，我回来后来看你。"

"好……好……"他想说更多，可是已经无法表达。

夏天消失在夜晚的城市里，他顺着夏天消失的方向走过去，走了好久，似乎想追回什么。他的这身和尚装扮，引得路人纷纷驻足观望，仿佛在欣赏一位精神迷乱的出家人。

"和尚也会有心事……"

"和尚也是人。"

"修行不易……"

深夜时分，他回到了胡同口，豆瓣胡同的标牌在城市的夜色里依旧醒目。他在小商铺里买了一瓶二锅头，内心感慨不已：自己只是一个退休工人，想不到会和艺术扯上关系，真是不可思议，不可思议！他连连摇头，同时也在庆幸。

又有一个人踏上了感应液体。灯泡闪耀着，色彩回旋着。他脸上带着笑，手里拿着酒瓶，慢慢走过去。他仰起头，看着墙上的彩色灯泡朝他眨眼睛——这是我亲手买来的彩色灯泡，是我亲手挂上去的，他心满意足。眼前的胡同世界是灿烂的世界，他不出声地笑起来。

他走进前面的黑暗里，慢慢坐在地上，手举酒瓶，啜饮了一小口，让脑袋抵住墙壁，闭上了眼睛。现在是春天，女孩叫夏天，而夏天越来越近了。他笑了笑。又有人走过来了，好像是两个女人，一边走路一边聊天，他听见了，脚步声越来越近了，他等待着这一刻。两个女人踏出了光亮，大声尖叫着，后来开始啧啧称赞。他再次闭着眼睛笑了。一个女人发现了他，走过来，蹲下身，轻声问道："大叔，你坐在这儿，没事吧？"

他摇了摇头，轻声说道："我没事，谢谢你……"

两个女人走了，他渐渐坠入自己的梦。他看见一个女人穿过黑夜走过来，纸月亮挡住了路，女人踌躇片刻，先是抚摸纸月亮，然后抬起纸月亮；在她侧身而过的一瞬间，纸月亮照亮了女人的脸，他看得非常清楚，那是他妻子的脸……